L'ORANGE AMÈRE

Son meilleur ami, le père Mikhaïlovitch, est un curé contestataire. Pendant la guerre il s'est évadé d'un camp de prisonniers en se cachant à l'intérieur d'un gâteau d'anniversaire, a vécu dans la forêt amazonienne et tutoyé les vedettes de cinéma.

Clémence, sa marraine préférée, est une vieille dame à la soixantaine pastel, qui promène continuellement d'une joue à l'autre des pastilles au gingembre, se confesse avec un pense-bête et se refuse toujours à prendre l'âge adulte au sérieux.

Quant à sa mère, garde-barrière du village de Chavignin, elle préfère ne pas en parler.

Jeanne a quatorze ans, et sa courte existence semble déjà contenir le brouillon de plusieurs vies. Les adultes la surprennent souvent par leur légèreté : ils passent parfois en un clin d'œil « de la distraction anecdotique au désarroi sans masque » et regardent leurs rêves flotter au-dessus d'eux. Ils ne lui ont jamais révélé qui, de Paul de Freine ou de Corentin Chaume, était son véritable père. Peut-être l'ignorent-ils vraiment ? Que le premier ait été marchand d'armes et que le second, célèbre pour ses tableaux animaliers, n'ait jamais peint la moindre toile, ne peut que contribuer à compliquer les choses. Dans le train qui la conduit loin du village, la première décision de Jeanne sera de jeter sa valise sur les rails, par la portière du wagon.

1982 : A vingt ans et des poussières, son premier roman. Suivront des pièces de théâtre, des scénarios pour la télévision et le cinéma, de la mise en scène. Au milieu de ces diverses activités, beaucoup d'autres romans traduits en plusieurs langues. En 1994, Un aller simple *a été couronné par le prix Goncourt.*

DU MÊME AUTEUR

Vingt ans et des poussières
Seuil, 1982
et « Points » n° P95
prix de la Fondation del Duca

Poisson d'amour
Seuil, 1984
et « Points Roman », n° R224
prix Roger Nimier

Madame et ses flics
Albin Michel, 1985

Les Vacances du fantôme
Seuil, 1986
et « Points » n° P139

L'Astronome
Papiers, 1986

Le Nègre
Actes Sud, 1986

Un objet en souffrance
Albin Michel, 1991
et « Le Livre de poche », n° 9708

Cheyenne
Albin Michel, 1993

Un aller simple
Albin Michel, 1994
prix Goncourt

Didier van Cauwelaert

L'ORANGE AMÈRE

ROMAN

Éditions du Seuil

TEXTE INTÉGRAL

ISBN 2-02-025998-2
(ISBN 2-02-10283-8, 1re édition brochée
ISBN 2-02-012204-9, 1re publication poche)

I

Jeanne alla réveiller le curé, qui avait un enterrement. Comme tous les mercredis, elle prit derrière le confessionnal son balai, son seau de colle, son rouleau d'affiches et partit dans les rues de Chavignin, pour recouvrir les murs des maisons abandonnées avec le programme du ciné-club.

Devant la fontaine gelée, elle évita les autres enfants, qui s'ennuyaient en rond. Ils ne lui parlaient jamais. Ce n'était pas grave : elle n'avait pas le temps.

Le village, au pied de la montagne, restait dans l'ombre une grande partie de la journée. Jeanne, avant de coller chaque affiche, se réchauffait en regardant, au-dessus des vieux toits, la lumière aveuglante qui frappait les tours en verre de Super-Chavignin. C'était un complexe de vacances édifié trois ans plus tôt dans un couloir d'avalanche, où le promoteur parisien avait cru trouver le meilleur ensoleillement. L'inauguration s'était achevée par un feu d'artifice magistral qui avait déclenché une coulée de neige. Depuis, la station, réservée aux skieurs confirmés, assurait sa réputation par une dizaine de morts chaque hiver. Mais le cimetière, situé dans une combe, entièrement recouvert en saison, permettait d'allonger de trois cents mètres la piste noire des Airolles, et, quand la victime était du pays, cela posait un problème.

Devant la fosse creusée au marteau-piqueur, le père Mikhaïlovitch, sa silhouette frêle serrée dans la soutane, un anorak fourré par-dessus et du givre dans sa chevelure blanche, prononça une prière en latin, sans illusions, fumée blanche sortie de ses lèvres gercées qui ne signifia rien pour personne. Il se sentait absent, comme toujours. En surimpression, il revoyait les funérailles du comédien Gaston Étienne à Montmartre, en 63, où il avait brisé une bouteille de champagne sur les flancs du cercueil, pour fêter le départ, baptiser le mort comme on lance un navire. Aujourd'hui, il s'adressait à des paysans devenus perchistes, et les chasse-neige attendaient la fin de la cérémonie pour recouvrir le cimetière.

Il partit dans les rues de Super-Chavignin qui ne ressemblaient à rien, les commerces étant concentrés en galeries dans les sous-sols. La porte vitrée du bloc 29 coulissa et, dans la lumière crue des néons, l'escalator déposa le vieux prêtre devant l'enseigne clignotante de « Mac-Bugnard ». Restaurateur à Chavignin depuis quarante ans, Joseph Bugnard avait suivi le mouvement général des commerçants, qui avaient déserté le village pour aller s'enterrer dans la station. Confronté au stress glouton des skieurs, il avait ajouté un « Mac » à son nom, sans pour autant sacrifier au hamburger, se contentant de mettre ses escalopes savoyardes et ses gratins de cardons entre deux pains au sésame. Sur son passeport, il s'était intitulé restaurateur-rapide, rapidité signifiant simplement, pour lui, absence d'assiettes et moins de vaisselle.

La clochette de la porte l'amena derrière son comptoir en brique, nappé de Formica jaune. Le curé sortit son affiche de la soutane, la déroula et la punaisa sur un mur. Le restaurateur-rapide s'approcha pour lire, en essuyant ses mains.

LE CAMION

de

Marguerite Duras

(1977)

Au Ciné-club de Chavignin, samedi 14, 21 h

— C'est bien ? demanda-t-il, méfiant.

— C'est un chef-d'œuvre, répondit le curé.

Mac-Bugnard se gratta la nuque et remarqua, sceptique :

— C'est pas de cette année.

Le curé poussa un soupir, s'assit sur un tabouret de fer laqué et lui raconta l'histoire devant un Coca-Cola. Le restaurateur-rapide, colosse chauve aux yeux tristes, avait l'esprit un peu gourd, mais pouvait amener du monde. Et puis, surtout, c'est lui qui apportait les esquimaux : fraise-citron pour les œuvres de la paroisse, chocolat-pistache pour les âmes des défunts, grand-marnier pour les enfants du Zaïre et Jolly-Cône pour l'entretien de la chapelle. Chaque spectateur donnait selon son goût. Mac-Bugnard vendait toujours plus, à l'entracte, lorsqu'il pouvait s'offrir le plaisir gourmand de révéler à ses consommateurs, avec des airs en coin pleins de mystère, qui était l'assassin.

Penché sur son comptoir, la tête entre les mains, il se concentrait, pour déceler dans le récit abstrait du curé la progression de l'intrigue.

— Mais alors, ce camion, interrompit-il après cinq minutes, il écrase qui ?

Le prêtre eut une longue inspiration et laissa retomber ses mains. Rien n'avait de prise sur ces montagnards : ils ne retenaient d'un film que son dénouement, s'inclinaient devant la fatalité et quittaient le cinéma comme ils sortaient du cimetière. Le curé essayait en vain, à chaque enterrement, de réveiller les vivants, de les persuader que rien ne s'arrête au mot « fin », et que l'au-delà est d'abord en eux. Il leur citait en modèle, dans ses sermons, les Indiens qui mélangent les cendres du défunt à une compote de bananes, pour communier dans sa mémoire. Les paroissiens écrivaient à l'évêché des lettres de protestation. Lui, en tout cas, rêvait de finir ainsi. Jeanne avait promis qu'elle le mangerait en compote.

— La répétition est dans un quart d'heure, dit le curé en se levant.

Jeanne l'attendait à la porte du bloc, le manteau serré sur ses après-skis géants, orpheline aux pieds de cosmonaute. Elle avait deux bonnets l'un sur l'autre, en laine lâche aux motifs irréguliers. Depuis qu'elle ne croyait plus en Dieu, elle raffolait de ce curé au physique de vieux page, parce qu'il était fâché avec tout le monde et terrorisait à plaisir les bigotes du village. Elle l'aimait surtout parce qu'il lui manquait un doigt, souvenir d'Amazonie où il avait été missionnaire. Un jour qu'il donnait la communion aux Guaharani, tribu un petit peu cannibale, un Indien glouton lui avait boulotté l'index en même temps que l'hostie.

— Vous l'avez tué ?

— C'était un fils de Dieu, Jeanne, il ne savait pas ce qu'il faisait.

— Vous êtes sûr qu'Il existe, Dieu ?

— C'est Son problème. Moi, je fais mon boulot.

Jeanne acquiesçait. Sous l'influence de ce vieux prêtre qui semblait, comme elle, ne plus croire, elle sentait grandir peu à peu une vocation religieuse. L'an dernier, elle voulait être femme politique, mais le maire de Chavignin avait été battu aux élections. Le curé, lui, ne dépendait de personne. En classe, sur les formulaires d'orientation, à la rubrique « profession envisagée », elle avait écrit : « mère supérieure ». Être une bonne sœur qui fait le ménage ne l'intéressait pas. C'était mère supérieure, directement, ou rien. Pour commander, engueuler les fainéantes et poser une main bienveillante sur l'épaule des parents d'élèves en disant « mes enfants », et les traiter d'incapables. Le curé lui donnait raison. Lui aussi, enfant, rêvait d'entamer une carrière militaire au rang de général. Et il avait été pratiquement exaucé : sorti premier du Conservatoire, il était entré, dès son service militaire, comme chef d'orchestre à la Garde républicaine où, pour diriger des musiciens gradés, on est élevé automatiquement au rang de colonel. Des heures durant, Jeanne se régalait aux récits de ce baroudeur miniature qui, avec ses quarante-huit kilos et sa coiffure de Jeanne d'Arc, saluait sous les applaudissements des chefs d'État, s'évadait d'un camp de prisonniers dans un gâteau d'anniversaire, appelait par leur prénom les vedettes de cinéma et fomentait des révolutions en Amérique latine. Elle croyait qu'il inventait. Un jour, elle apprendrait que tout était vrai. Elle serait un peu déçue.

Ils redescendirent par le car surchauffé assurant la navette entre Super-Chavignin et Chavignin tout court. L'arrêt se trouvait devant la station Shell, dernier pôle animé du village, qui faisait office d'épicerie-boulangerie-librairie. Tout ce que mangeaient et lisaient les Chavignois sentait l'essence. Mlle Maurice, la propriétaire, roulait en Mercedes. On l'avait connue fille à soldats, avant que la caserne du 13e Chasseurs, au pied de la montagne, ne fût vendue par appartements. Mlle Maurice avait abandonné le trottoir pour la pompe, et maintenant elle faisait celle qui a lu Proust, organisant des promotions de Pléiade parmi ses surgelés. Les dames pieuses du village, bien obligées, se ravitaillaient chez elle, le front bas, le panier tenu à deux mains sur le ventre, avec l'air de porter leur croix. Les commissions avaient un goût d'aigreur, de moralité bafouée par la réussite d'une grue, qui poussait l'effronterie jusqu'à pratiquer le crédit. L'humeur locale s'en ressentait. En toute saison, le village diffusait l'ambiance morne des fins d'hiver, quand le dégel et sa boue jaune épousent l'âme. Heureusement, les champs délaissés par les paysans reconvertis dans le téléski se couvraient peu à peu de lotissements préfabriqués, et il n'y aurait bientôt plus de Chavignois de souche. C'était déjà un village fantôme ; un jour, ce serait une banlieue, et les traces laissées sur les façades par les enseignes ôtées ne se verraient plus de la route.

La chapelle, isolée dans un pré qui surplombait le lac, était en bois, avec un toit de vieilles tuiles fendues, creusé comme un lit, sur lequel montaient les enfants pour récupérer leur ballon de foot. Lorsqu'on faisait le signe de croix, pendant la messe, on le terminait par une pichenette sur les épaules, pour faire tomber la poussière blanche qui s'échappait des poutres. Les vers, le vent, les matches, la neige, la cloche trop grosse pour le clocher qui poussait des lézardes à chaque mariage vouaient la chapelle à une disparition prochaine. Le père Mikhaïlovitch l'avait choisie pour cela. Débouté de sa vie de croisades par le diabète et l'infarctus, il n'acceptait la semi-retraite que dans l'assurance du provisoire.

Les gens du village ne comprenaient rien à ces foutaises. Eux, ils n'avaient de cesse que la chapelle s'écroulât, pour aller suivre sans remords la messe au chaud, ailleurs, et être débarrassés de ce curé malpoli au nom pas de chez eux, qui refusait de faire la quête, privant les fidèles de cet excellent moyen d'évaluer les ressources ou la radinerie d'autrui, et surtout les frustrant du délicat sentiment de la charité discrète, lorsqu'on plie tout petit dans sa main un billet pour que personne ne le voie, dès lors que tout le monde l'a entendu craquer. A la place de la quête, le curé vendait des esquimaux, à prix unique, ce qui forçait les fidèles à subir au ciné-club paroissial des films auxquels ils ne comprenaient rien, et à engloutir cinq ou six chocolats glacés qui leur restaient sur l'estomac, pour se montrer plus généreux que le voisin aux yeux du père Mikhaïlovitch. Par rancune, ils le surnommaient le père Miko.

Le prêtre fit tomber la neige de ses chaussures contre la deuxième marche, sous l'auvent, et poussa la porte en mélèze clouté. Tandis que Jeanne courait se mettre à l'harmonium, il compta rapidement ses troupes. Figée sous la brume orangée tombant des convecteurs pendus aux poutres, la chorale attendait en se gargarisant, clappant de la langue, roulant des bulles de salive au fond du palais et, ventre en avant, contractant les abdominaux, comme l'avait enseigné le curé. Les premières notes s'élevèrent, un peu heurtées sous les doigts engourdis de Jeanne. Le père Miko s'installa au pupitre, assit ses lunettes scotchées sur son nez maigre et renifla l'odeur des radiateurs.

— Qui a monté le chauffage ? Vous savez bien que ça vous détend les cordes.

Le doigt de Mac-Bugnard se leva timidement, au troisième rang. Miko n'insista pas, car les regards réprobateurs fusillaient déjà le responsable. Ancien d'Indochine, poivrot définitif et baryton admirable, le restaurateur-rapide commettait dans les graves des lâchers de Ricard qui faisaient pincer le nez des sopranos. L'autre soliste de la chorale, Mlle Maurice, de la station Shell, louchait sur le garçonnet en aube chargé de tourner les partitions de Jeanne. On ne choisit pas ses voix. En soupirant, le curé observait l'air gêné de l'enfant de chœur, treize ans et demi, couvert de boutons, au bord de muer, qui ne passerait pas l'hiver. Il faudrait le remplacer par un petit, plus conforme à l'image séraphique qui rassurait les bigotes à voix de crécelle, mais moins stimulant pour les contre-ut sublimes de la pompiste. Pendant ses vocalises, auxquelles la puberté du boutonneux donnait des ailes, Miko fermait les yeux pour chasser les rondeurs ondulantes de la diva de chez Shell, et avait l'impression d'être encore à Paris.

— Stop ! cria le prêtre avec un claquement de doigts. L'attaque est molle. Bugnard, descendez d'une octave, et l'autre en noir, j'ai oublié son nom : je n'entends rien, vous êtes sourde ? La marquise, on chante *Venez, divin messie* et pas *Plus près de Toi, mon Dieu,* je ne sais pas si vous avez remarqué. Passez une vitesse. Allez, du nerf, bon sang : dans huit jours, c'est Pâques ! Une, deux !

Tout frêle derrière son pupitre à micro, il moulinait des bras avec une brusquerie têtue, sa soutane se déployant comme un parapluie à chaque reprise des chœurs. Les répétitions, quotidiennes, ne se déroulaient jamais sans une crise de nerfs, un départ à scandale ou un effondrement en sanglots, sous les brimades électrisantes du chef. Quatre-vingts pour cent des choristes détestaient chanter et maudissaient le curé, mais comme l'ensemble vocal regroupait l'élite de la commune, il fallait bien tenir son rang. Pour les fidèles persécutés, le seul moyen d'avoir la paix était de se débarrasser du prêtre. Aussi enregistraient-ils ses sermons, à base d'injures et d'interprétations subversives de la parole divine, afin d'envoyer les cassettes à l'évêque et de faire muter l'empêcheur de prier en rond — le tout sans aucun résultat, Miko étant toujours incardiné à Paris, en tant qu'aumônier des artistes, détaché pour raisons de santé. Mais ils s'obstinaient et, chaque dimanche, le curé tendait l'oreille après l'évangile, localisant dans le silence le souffle des magnétophones, attendant que toutes les cassettes fussent en place. Ses prêches, au lieu d'être annoncés par le traditionnel « Au nom du Père, du Fils et du Saint-Esprit », commençaient par : « Moteur ? Ça tourne. »

— Jeanne, tu es sûre que tu as enlevé tes moufles ? Tes accords sont complètement empâtés, comment veux-tu qu'ils détachent les notes ? Réveille-toi un peu !

Jeanne rentra le menton avec un sourire bravache. Elle savait qu'elle jouait très bien, et que le curé était obligé de l'engueuler de temps en temps, pour conserver l'unité de sa chorale. Il lui avait appris, depuis quatre ans, le solfège, l'harmonie et la façon de faire les piqûres d'insuline. Elle lui servait aussi de projectionniste, le soir, au ciné-club. Dans les rues de Chavignin, on croisait souvent ce petit couple étrange, se tenant la main, dont les silhouettes évoquaient le panneau « Attention école ». Jeanne tenait, serrées sous le bras, ses partitions, sa trousse de secours ou ses bobines.

— Ah non ! Si vous me ratez encore le canon, je vous préviens : on arrête tout et je vous fais une alerte.

Un frisson courut dans les travées. Jugeant le danger nucléaire propice au salut des âmes, le curé était le dépositaire local des masques NBC de l'armée, et organisait des exercices de survie pour ses ouailles. Dans la crypte de la chapelle, transformée en chambre d'atmosphère viciée grâce à des ampoules d'un gaz relativement inoffensif, il entraînait ses bigotes masquées pour la Troisième Guerre mondiale, et leur apprenait à se dévisser mutuellement la cartouche d'oxygène.

Au premier rang, de chaque côté de l'allée, les deux marraines de Jeanne échangèrent un regard. Lundi dernier, l'une avait oublié de revisser la cartouche de l'autre et l'avait regardée s'évanouir avec étonnement. La victime était Madeleine Chaume, veuve d'un peintre animalier, avec sa tête chevaline allongée par une coiffure en crête, toujours en pantalon, qu'on saluait discrètement dans la rue quand on n'était pas seul, parce qu'on savait des choses. La distraite était la marquise Clémence de Freine, vaporeuse et fine, la soixantaine pastel, qui promenait continuellement d'une joue à l'autre des pastilles au gingembre, faisait la-la-la pendant les cantiques, se confessait avec un pense-bête et sentait la citronnelle sous ses canotiers parme. C'étaient les deux châtelaines du village. Madeleine haïssait Clémence, et Clémence ne la voyait pas.

Treize ans plus tôt, elles confiaient leur linge à la mère de Jeanne, garde-barrière en face de la station Shell, qui repassait entre les trains, amidonnait avec un talent merveilleux, était ravissante et rapportait les corbeilles aux châteaux à minuit, après la fermeture du passage à niveau. On ne savait qui, du peintre animalier ou du marquis de Freine, était le père de Jeanne.

Les deux hommes étaient morts un mois avant sa naissance, noyés dans le lac près du voilier retourné du marquis. Depuis, Madeleine et Clémence versaient à la garde-barrière des mensualités équivalentes, à cela près que la marquise, par inattention, donnait souvent la somme deux fois. On avait construit un pont au-dessus du chemin de fer, supprimant le passage à niveau. La garde-barrière, restée dans la maison au bord de la voie, tournait tous les matins sa manivelle à vide, trois minutes avant le passage des trains, le regard au-dessus des clôtures en grillage qui remplaçaient les barrières rouge et blanc. L'après-midi, elle montait boire chez Mac-Bugnard. C'est le jardinier de la marquise qui emmenait Jeanne à l'école, et Lola, ancien modèle animalier à l'allure féline, devenue obèse, que Madeleine avait gardée comme cuisinière, venait l'attendre à la sortie des classes. Le soir, le père Miko lui faisait faire ses gammes à la chapelle, ou lui donnait un film à projeter, puis il réchauffait des pâtes au presbytère et la faisait veiller en lui racontant sa vie, pour être sûr que, lorsqu'il la raccompagnerait à la maison du passage à niveau, sa mère serait endormie.

Les deux marraines, comme un couple divorcé, se partageaient les vacances de Jeanne. L'hiver, elles lui tricotaient des bonnets ratés, qu'elle devait mettre l'un sur l'autre si elle voulait avoir à peu près chaud, et elle changeait tous les jours celui du dessus, pour ne pas faire de jalouse. Le dimanche, à la messe de Super-Chavignin où Miko l'envoyait comme espionne, Jeanne, en laissant tomber sa pièce de cinquante centimes dans la corbeille de la quête, jouait son père à pile ou face. Cette semaine, le score était de 172 à 167, en faveur du peintre. Pourtant, c'est le marquis, en secret, qui avait sa préférence. Et le hasard qui ne tenait pas ses promesses donnait à Jeanne une tristesse un peu inutile, qui était l'obligation de choisir seule. De choisir entre Jeanne de Freine ou Jeanne Chaume, alors qu'elle s'appellerait toujours Jeanne Brun, comme sa mère et comme sa grand-mère. La bâtardise, dans cette famille, était héréditaire.

Un week-end sur deux, avec sa petite valise à carreaux, elle allait dormir au château rose de la marquise, une sorte de villa florentine avec un toit de pagode, des jalousies vertes et des trompe-l'œil effacés. Le parc descendait en pente douce vers le lac, jusqu'au débarcadère où le voilier du marquis était amarré quille en l'air, comme on l'avait retrouvé treize ans plus tôt. A chaque anniversaire du naufrage, Clémence de Freine emmenait Jeanne lancer aux cygnes deux ou trois poignées de cendres, ce qui était, d'après la marquise, le vœu secret du défunt. Elle disait, l'urne sous le bras : « Viens, nous allons promener ton demi-père. » Elle lui avait raconté la vérité sur sa naissance, du moins l'incertitude qui en tenait lieu, alors que Jeanne était encore dans sa poussette. Madeleine Chaume, elle, n'avait jamais évoqué la question. Jeanne s'inquiétait, simplement, de voir d'année en année baisser le niveau du marquis dans l'urne, tandis que le peintre animalier s'ancrait dans l'éternité par une tombe en marbre noir flanquée de son buste.

En fait, Jeanne avait un faible pour Paul de Freine, car il n'avait pas de visage : aucune photo n'assurait sa mémoire, comme si la mort avait refusé de le reconnaître. Corentin Chaume, lui, s'étalait en autoportraits dans les quarante pièces du château XVIIe que visitaient chaque jour des touristes à caméras. Le peintre était à tout le monde, le marquis avait besoin de Jeanne pour exister encore. Les nuits où elle se sentait triste, elle *l'allongeait*, prenant l'urne sur ses genoux et y ajoutant une pincée de cendres prélevée dans la cheminée.

Quand elle ne remplissait pas l'urne, elle cherchait Paul

de Freine dans ses meubles, dans ses affaires de pêche, dans l'odeur poivrée de ses chandails mangés aux mites et surtout dans son auto. Elle s'échappait de sa chambre, le samedi, une carte routière dans son peignoir, dès que la marquise était endormie, traversait les cuisines au soupirail masqué par le lierre et entrait dans le garage où l'attendait, sous son drap blanc, le fantôme d'une Rover de 1950. Elle retroussait le drap en caressant la carrosserie noire, le pliait soigneusement, allait embrasser la tête chromée du viking à moustache qui surmontait le radiateur, et s'installait au volant, dans une odeur de cuir humide, de vernis marin et de pipe éteinte qui allongeait son sourire dans le noir.

Elle passait des heures, derrière le grand volant dentelé décoré d'un drakkar rouge, à conduire la mémoire de son père éventuel. Toute petite dans le gros fauteuil vert, les bras tendus, les jambes trop courtes pour atteindre les pédales, elle suivait sur sa carte l'itinéraire préparé pendant la semaine, admirait tout haut le paysage pour en faire profiter le marquis, assis à l'arrière. Lorsqu'ils avaient bien roulé et qu'ils tenaient la moyenne, elle s'arrêtait sur le bas-côté, à mi-chemin, généralement vers Sisteron, et ils parlaient de la Côte d'Azur en buvant des coups. Sur le tableau de bord en acajou clair, il y avait deux boîtes à gants. La première, immense, où l'on pouvait ranger le panier du pique-nique, avait un double fond qui dissimulait deux pistolets identiques, l'un aux couleurs d'Israël et l'autre appartenant à l'armée égyptienne. La deuxième boîte à gants, sous la pendule ronde, contenait un flacon de cristal trapu et deux verres à pied maintenus par des courroies.

Quand Jeanne avait découvert le petit bar, le flacon renfermait un doigt de liqueur entouré d'un dépôt bleu, sentant le moisi et l'écorce d'orange. Cette liqueur, elle essayait de la retrouver depuis quatre ans, volant des bouteilles à la station Shell. Curaçao, chartreuse, bénédictine, grand-marnier ; elle avait tout goûté, mélangé la Marie-Brizard et la poire Williams, le peppermint, le Cointreau et le génépi. Ensuite, elle conduisait un peu de travers, pistolet au poing, forçait les barrages de gendarmes qui agitaient leurs ballons d'alcootest en rétrécissant sur la lunette arrière, traînait le lendemain une gueule de bois glorieuse mais ne découvrait jamais la boisson du marquis. Ce n'était pas encore lui, son père ; ce le serait peut-être un jour, mais au bout de combien de cuites.

Chez l' « autre », les nuits étaient différentes. D'abord Madeleine, insomniaque, remuait des meubles ou bien descendait se faire une omelette dans la cuisine aux deux cents cuivres où les trophées de chasse se regardaient en découvrant leurs dents. Jeanne n'osait pas quitter sa chambre pour partir en exploration ; d'ailleurs, l'atelier de son deuxième père était toujours fermé. Et puis, il y avait Lola, la grosse cuisinière qu'on retrouvait sur presque tous les tableaux de Corentin Chaume, en femme-serpent, femme-panthère, femme-girafe. Le visage émacié, les joues creuses, des pommettes si hautes qu'elles bridaient ses yeux, un regard transparent. Tout cela aujourd'hui noyé sous la graisse, ballotté en replis flasques, au milieu des dizaines de tableaux, dans les couloirs, où sa jeunesse la regardait passer. Jeanne se méfiait de la cuisinière. Une rumeur au village disait qu'elle était gousse. Abusée par le souvenir d'un vieux numéro de *Planète* trouvé au presbytère, Jeanne croyait que le mot gousse signifiait « vampire », et voyait parfois en rêve la tête du facteur accrochée à la cuisine, parmi les trophées de chasse, tandis que Lola tournait une pâte à boudin dans un grand chaudron rouge.

Madeleine n'était pas très drôle. Son château fuyait de partout, elle passait son temps à faire des comptes, mâchonnant son crayon d'une moue aigre, et racontait indéfiniment ses démêlés avec les Monuments historiques, qui n'acquittaient leur part des réparations que lorsque celles-ci, bâclées par manque de moyens, étaient déjà à refaire. Madeleine n'avait que cinquante-neuf ans, le château lui en donnait dix de plus. Il était tellement laid, avec ses pignons de brique, ses échauguettes ajoutées par Viollet-le-Duc et sa tour penchée, béquillée, chauve, qu'il n'intéressait personne. Les fonctionnaires du patrimoine préféraient oublier son pedigree historique pour n'y voir qu'un mélange bâtard qui offensait la vue et assommait tous les mois un visiteur avec une tuile, un volet, une gouttière. En différant les réparations, ils comptaient accélérer l'écroulement de cette bâtisse incurable, qui obligeait l'autoroute en projet à un détour coûteux, dont la suppression vaudrait bien un dessous-de-table.

Quand Madeleine avait épuisé ses réserves de fiel contre les Monuments, elle relatait à sa filleule les rebondissements du procès qu'elle intentait depuis dix ans à l'armée de l'Air, pour faire dévier la route des avions à réaction. La fissure causée par leur passage au-dessus de l'aile nord ne cessait de s'étendre, sur le mur de la galerie que la châtelaine avait fait quadriller au feutre, afin d'avoir chaque semaine un relevé précis de la progression du sinistre. Tous les deux mois, un expert venait hocher la tête devant la fissure à conviction, établissait un rapport, était récusé par l'Armée.

Jeanne bâillait au récit des avatars et des ripostes de sa marraine en second, qui ne l'écoutait jamais et ne lui demandait rien. Madeleine parlait des heures, tournant sa cuillère dans ses tisanes froides, tandis que les touristes en short passaient dans le parc, appuyant leur nez aux fenêtres pour voir la tête de l'habitant. L'indifférence de la châtelaine à ces visiteurs que les Monuments lui imposaient était complète. Elle en trouvait dans sa salle de bains, le matin, échappés du groupe pour s'offrir une exploration personnelle. Elle leur demandait le savon.

La visite intérieure, effectuée par la grosse Lola avec un commentaire immuable, composait, autour du salon clos où Madeleine se retranchait avec Jeanne, un bruit de fond qui devenait comme le tic-tac d'une pendule vivante, et Jeanne s'endormait sous les prouesses militaires de la famille d'en face, à qui le château avait appartenu pendant trois siècles et demi. Clémence de Freine, qui s'y était gelée toute sa jeunesse, l'avait bazardé en 45 pour faire construire, de l'autre côté de la nationale, un petit palais à chauffage central, d'où elle avait une vue imprenable sur ses souvenirs d'enfance. En plus des fuites et des fissures, Madeleine subissait ainsi avec résignation les ancêtres de sa rivale, et Jeanne s'identifiait parfois à elle, dans cette vie de recluse entre les ruines et la mémoire d'une autre.

Corentin Chaume, grand tueur de fauves qui n'aimait

les animaux qu'en peinture, s'était souvent représenté avec une crinière de lion, des oreilles d'éléphant ou un nez de gorille. Jeanne avait longtemps cherché l'appel du sang dans ce visage de notaire surréaliste, au regard absent qui ne lui évoquait rien. Elle ne ressemblait à personne, sinon à sa mère, ce qu'elle savait déjà. Mais le peintre aurait pu, dans la vérité recréée du pinceau, trahir un petit rien, un point commun, un caractère. Les toiles résistaient, restaient vides.

Jeanne avait été un peu rassurée, en découvrant qu'apparemment, il n'en était pas l'auteur. Chaque fois qu'un morceau de tour s'écrasait dans la cour ou qu'une canalisation rendait l'âme, Madeleine sortait une toile inédite et la vendait. Jeanne l'avait surprise en train d'en peindre une, un soir, et lui avait chipé la clé du cellier à pommes où elle mettait ses faux à vieillir, sous une lumière craquelante, avec une poussière ventilée et des roqueforts dont les moisissures érodaient la pâte. Comme tous les tableaux « retrouvés » par ses soins étaient authentifiés, c'était donc que son mari n'en avait peint aucun et, de son vivant, lui avait servi de prête-pinceau.

Jeanne gardait précieusement ce secret entrevu comme un argument, une revanche sur l'incertitude dans laquelle on la maintenait. Paul de Freine cachait des armes de guerre et Corentin Chaume n'avait jamais rien peint. C'était toujours ça. Leur légende écornée les rapprochait d'elle. Dans ses prières, souvent, la nuit, elle les faisait chanter. Corentin, donne-moi un 18 en maths ou j'écris à *la Gazette des Arts*. Paul, fais venir mes règles ou je vais voir la police.

*

— Monsieur le curé ! Hou, hou ! Réveillez-vous !

Le père Miko se retourna dans un grognement et rabattit la couette sur sa tête, pour faire taire le chœur des bigotes qui montait de la rue. Jeanne dormait sur le fauteuil, dans la petite chambre du presbytère qui sentait le plâtre humide et la lampe à pétrole. La veille, elle avait passé *Providence* d'Alain Resnais au ciné-club, et le film l'avait enthousiasmée, bien qu'elle eût interverti deux bobines, ce qui n'était pas trop grave, le scénario reposant sur des flash-back, et les trois spectateurs — Mac-Bugnard, la pompiste et un campeur — étant endormis ou occupés à s'embrasser dans le noir.

Après la projection, Miko avait fait travailler Jeanne, à l'harmonium de la chapelle, sur le *Messie* de Haendel. La beauté qui s'échappait machinalement de ses doigts, comme par erreur, avait laissé Jeanne dans un tel état de bonheur flottant qu'elle ne s'était pas senti le courage de rentrer chez sa mère. La garde-barrière ne dormait plus, ces temps-ci, et attendait assise dans la cuisine le retour de sa fille, tanguant sur ses coudes, agitée d'un tic qui lui dévissait le cou. Ce visage boursouflé par la bière, si joli sur les photos cachées dans les tiroirs, ces questions rêches et ces calomnies grossières, Jeanne ne les supportait plus ; ils gâchaient tout, cassaient l'élan des rêves qu'elle rapportait pour la nuit, salissaient l'émotion, ramenaient ses fuites dans l'image et la musique à des histoires de coucheries. Samedi dernier, Jeanne avait craqué.

— Je veux savoir avec qui tu baises ! hurlait sa mère, les doigts cramponnés à la table sale.

— Ça te va bien !

La garde-barrière avait essayé de se lever. Sentant ses jambes se dérober, elle avait frappé en parole :

— Tu te crois forte, hein, comme ton père, tu te crois sauvée parce que tu m'as laissée tomber ? Mais tu seras une putain pour tout le monde, tu entends, comme ta grand-mère, comme moi, tu te feras avoir et tu seras rien et on te foutra un enfant au ventre pour te faire crever seule, voilà !

Jeanne avait saisi une casserole où s'accrochait un restant de nouilles, l'avait remplie au robinet et jetée à la tête de sa mère. Puis elle s'était plantée devant elle et lui avait répondu, calmement, les mots tombant de ses lèvres comme ils arrivaient dans sa tête, déjà prêts, répétés sans qu'elle le sût :

— Tu fais tout pour que je finisse comme toi, et tu n'y arriveras jamais, parce que je te méprise d'être comme ça, et c'est tout. Tu es pas un problème, pour moi. Simplement, tu m'emmerdes et tu me fatigues, parce que c'est crevant de toujours faire comme si tu existais pas. Mais je me sauverai pas, je te plaquerai jamais pour un type. Ça te ferait trop plaisir. C'est toi qui es en train de te foutre en l'air, mais moi j'aurai une vie normale. Et plus tu bois, plus tu me fais chier, et plus tu m'aides, tu vois : tu as tout raté. Allez, viens te coucher.

Elle l'avait soutenue jusqu'à sa chambre, déshabillée, mise au lit, et avait éteint sa lumière. Après, elle s'en était voulu, en entendant les sanglots secs derrière la cloison. Ce sursaut de violence droite ne lui ressemblait pas ; elle pressentait que ce serait un moment unique dans sa vie. Elle l'avait revécu en rêve, cette nuit, dans les ronflements douillets du père Miko sous sa couette.

— Monsieur le curé ! C'est l'heure ! Hou, hou !

— Merde, grogna le prêtre en se redressant, la messe !

— Et l'interro de géo ! pesta Jeanne en sautant sur ses pieds, rejetant le plaid.

Après leurs veillées à l'harmonium, ils émergeaient du sommeil dans le même état ronchonneur. Les paroissiennes, sous la fenêtre, venaient réveiller le curé pour l'office de huit heures, et le jardinier de la marquise s'escrimait sur son klaxon pour rappeler à Jeanne l'existence du collège.

— Miko ! C'est pas votre missel, c'est mon bouquin de géo !

— Si tu crois qu'ils verront la différence, bougonna le curé en remuant ses paperasses, soutane au vent sur ses caleçons de laine.

Leur complicité sortait renforcée de ces bousculades du matin, dans l'inquiétude laborieuse des autres. Chacun se vengeait à sa manière. Jeanne était première en tout sans effort, pour le plaisir de voir les deux bûcheuses de sa classe sombrer dans la dépression par le surmenage inutile, et Miko torturait ses bigotes à confesse, leur donnant comme pénitence de faire douze fois le tour de la place en courant, d'aller chanter au feu rouge une chanson de Georges Brassens ou de se procurer chez le bouquiniste, en ville, une édition originale de *Justine* de Sade. Mais il tombait aussi facilement dans l'excès contraire. Il suffisait par exemple que Mlle Drumettaz, croissant de naphtaline replié sur son chapelet, vînt lui avouer à mi-voix un péché croustillant de Mlle Maurice, pour qu'il éclatât soudain de rire dans la chapelle sombre. La vieille punaise repartait vexée, Mlle Maurice absoute par procuration, et le client suivant était obligé de hausser le ton de ses fautes pour se faire entendre par-dessus le fou rire.

— Qui vous êtes, vous ? demandait Miko en allumant le compartiment pécheur. Ah, d'accord.

Alors il interrompait ses *mea culpa* pour lui raconter les dernières turpitudes de la pompiste. Le confessé riait aussi, par correction.

— Et... pour mes péchés ? demandait-il ensuite.

— Ça va pour cette fois, ne recommencez plus.

La nouvelle que Miko était dans un bon jour se répandait aussitôt et le confessionnal ne désemplissait pas jusqu'au soir. Le curé finissait vers huit heures et s'invitait à dîner chez le dernier repenti, à titre de pénitence.

Lorsque Jeanne venait rapporter ses péchés d'orgueil et de colère envers sa mère, dont il était d'ailleurs souvent à l'origine, Miko lui disait d'aller en paix et d'apprendre une tirade de Molière. Chaque fois, il augmentait le nombre de lignes, car Jeanne avait treize ans et il ne l'aurait plus longtemps sous sa coupe.

Il ne se trompait pas. Jeanne avait apprivoisé le petit Jésus, parce que lui aussi avait deux pères, mais maintenant qu'il avait grandi, leurs chemins se quittaient et il finirait crucifié, libre à lui. En attendant ses règles, elle continuait tout de même ses émissions religieuses, le soir, par habitude, avant de dormir. Un signe de croix lui donnait l'antenne, puis elle fredonnait une musique de film. Suivant l'importance des demandes à formuler, elle mettait au générique Marie, Dieu ou Jésus, et ses prières commençaient toujours par un résumé de sa vie, intitulé « Si vous avez manqué le début ».

Miko se réjouissait de la manière dont Jeanne adaptait la foi. Il lui disait souvent des choses étranges, qui la réconfortaient sans qu'elle les comprît vraiment ; il l'encourageait à ne rien laisser perdre, pour échapper aux autres. La fidélité, assurait-il, est la seule évasion. Clémence de Freine partageait ce principe : « Il faut recueillir tout ce qu'on te donne, même quand ça t'arrête. Regarde mes feux rouges. » La fortune inépuisable de la marquise venait de son grand-père maternel, inventeur du signal tricolore, dont elle avait hérité le brevet. Chaque fois qu'on plantait un feu, quelque part dans le monde, elle touchait dix francs.

Le curé et la châtelaine renchérissaient toujours l'un sur l'autre, pour détourner Jeanne du saccage de la fatalité entretenu par sa mère, et de la morale de l'oubli que prescrivait Madeleine. Clémence avait une vision simplifiée des choses, mais qui tenait au corps et s'appliquait à tout. La vie, disait-elle, c'est comme l'orange amère : elle n'est bonne à manger que si l'on en fait des confitures.

Jeanne adorait les soirs où, au ciné-club, au presbytère, le vieux curé lui débouchait ses pots d'orange, dans le désordre, pour le plaisir, avec un enthousiasme usé par la gourmandise comblée, qui retrouvait à présent le goût de l'amertume. Les colères éventées, les joies cristallisées devenues immangeables, les rires qui ne pétillaient plus revenaient pourtant dans les yeux de Jeanne. Les différents visages de Miko, toutes ses vies se mêlaient dans des récits brouillons, heurtés, qui pliaient les années, mélangeaient les âges, allongeaient les nuits, tandis que Jeanne prenait des notes qu'elle recopiait le lendemain, à l'école, dans un cahier à spirale baptisé « Vie de Miko ». Sous la forme d'un reportage à mi-chemin entre l'interview et la nécrologie, elle retraçait les aventures de l'enfant prodige premier prix du Conservatoire à huit ans, du deuxième-classe promu colonel d'un coup de baguette, du chef d'orchestre déporté pour raison musicale, et disait « je » entre guillemets, pour revivre à son compte les aventures de son maître à rêver.

« En 1943, un officier SS s'était aperçu que, pendant un concert de gala donné devant le Tout-Vichy, l'orchestre de la Garde républicaine intercalait dans Wagner des morceaux de marches américaines. Que veux-tu, Jeanne, chacun résiste avec ses armes. » Et notre ami fut envoyé au camp de Drancy, où il était voisin de lit du mouton, placé par les Frisés pour écouter les conversations des prisonniers. Mais le mouton parlait en dormant et, une nuit, il révèle une opération prévue contre les Zéféfis. « Moi, je travaillais aux cuisines, à cause de mes problèmes de bronches. Et c'est là que j'apprends que c'est l'anniversaire de l'Obersturmbannführer du coin. Je propose, lèche-bottes, de lui faire une pièce montée géante, qu'on me laisse décorer, puisque je suis un artiste. »

Marqué « Guten Geburtstag » à la crème au beurre, décoré de walkyries en sucre et de croix gammées confites, le gâteau est porté en camionnette chez l'officier, qui vit dans un manoir réquisitionné avec son état-major. Au dessert, après les discours, Miko jaillit de la pièce montée, tout nu, en chantant « Lily Marlène ». Son costume de prisonnier est roulé en boule dans une cachette en pâte d'amande. L'Obersturmbannführer et ses amis applaudissent l'idée charmante et entourent le beau jeune homme nappé de crème fraîche, en agitant leurs pelles à tarte. A ce moment-là, les Zéféfis arrivent et mitraillent l'anniversaire. Miko, qui a replongé dans son gâteau, en ressort après la fusillade en brandissant ses habits de prisonnier, et révèle aux Zéféfis l'opération prévue contre eux, qu'ils ont déjà désamorcée. A la Libération, notre ami reçoit la Légion d'honneur pour son exploit pâtissier qui a fait vingt morts.

« Héros par erreur, j'ai mal vécu l'épuration et j'ai tout plaqué, honneur, patrie, orchestre, pour devenir prêtre, par dégoût des hommes. » Et nous le retrouvons en 1945 au Centre de vocation tardive, où l'abbé-conseil lui explique qu'il doit d'abord apprendre le latin.

A la page suivante, sous la rubrique « Flash-back : comment j'ai eu la foi », Jeanne racontait Miko à Nice, pendant l'Occupation. C'était une autre version, et elle ne savait pas laquelle était vraie — c'est-à-dire laquelle elle préférait. Là, il passait la guerre en vacances, chez des amis qui avaient une ferme près des studios de la Victorine, et il avait recueilli le dogue d'un voisin juif. L'assistant-réalisateur qui, chaque jour, venait acheter des œufs à la ferme, avait trouvé le chien intéressant et proposé de le faire auditionner. Miko avait donc conduit, un matin, Sultan aux studios. Marcel Carné avait caressé le dogue, Prévert avait acquiescé d'un grognement dans sa cigarette et Sultan était devenu le chien du bourreau, dans *les Visiteurs du soir*. En tant qu' « artiste de complément », la direction des studios lui avait délivré une carte d'alimentation spéciale, donnant droit à sept cents grammes de viande par jour, et Miko s'était nourri pendant deux ans sur le dos de son chien.

Devenu un familier des studios, aboyant, pleurant, se couchant sur commande, tombant en arrêt au son du clap, Sultan avait tourné dans la plupart des films produits par la Victorine sous l'Occupation, passant de Clouzot à Guitry, d'Autant-Lara à Cocteau, entraînant Miko par sa laisse dans le monde des comédiens. L'égoïsme obstiné de ces fous généreux, qui vivaient leur passion d'autant plus fort qu'ils devaient nier la guerre, pour s'enfermer dans un rôle en ne pensant qu'au plaisir d'un public improbable, et sans même savoir si les films verraient le jour, avait bouleversé Miko. Lui ne se sentait aucune disposition pour entrer dans la peau d'autrui ; du talent d'acteur, il n'avait que la force de persuasion, et le besoin d'oublier le monde pour se donner aux autres. La guerre finie, le propriétaire de Sultan revenu d'Auschwitz, Miko avait choisi Dieu.

*

De mois en mois, le vieux curé poussait Jeanne vers la vie qu'il avait dû quitter. Jeanne connaissait grâce à lui le solfège, le cinéma, le latin et l'irrespect. Elle ne savait pas du tout ce qu'elle pourrait en faire. Elle attendait d'être une femme, la seule chose que Miko ne pouvait lui apprendre, pour se poser la question. D'ici là, elle préférait se gaver des souvenirs de son idole, les organiser dans son cahier, mettre en pots sa confiture d'orange, se tromper dans les étiquettes.

Elle ne savait plus en quelle année il était parti pour la Tunisie, sauver la tournée théâtrale qu'un mouvement intégriste avait prise en otage. Elle ne savait plus s'il avait donné l'absolution à Colette, avant d'aller faire connaître les films de Jacques Tati aux chrétiens du Liban, ou le contraire. Il avait ramené de Katmandou par la peau des fesses Yaguel Cerrucci, de l'Opéra de Paris, béni les vernissages de Magritte, réconcilié Pagnol et Raimu, passé des nuits blanches assis par terre chez Piaf, partagé le compartiment d'Anouilh qui prenait le train, les soirs de générale, pour échapper au trac, et poussé la Bugatti de Paul Morand qui avait un problème d'allumage — mais dans quel ordre, et comment démêler le vrai du faux, dissocier les exagérations des raccourcis ?

Tout ce que savait Jeanne, c'était où finissait Miko : l'infarctus chez les Indiens d'Amazonie, alors qu'il accompagnait une équipe de tournage, son rapatriement en avion sanitaire, son remplacement, à l'aumônerie des artistes, par un dominicain sourd, daltonien, qui n'avait jamais lu que son missel, chantait faux et se couchait à huit heures. Et puis la voie de garage, à Chavignin. Jeanne sentait confusément qu'elle était là, comme sa mère à l'ancien passage à niveau, pour sourire à la vieille locomotive qui manœuvrait les wagons désaffectés jusqu'au butoir, sur la voie 7, et qui ne quitterait jamais plus la gare. En écoutant

Miko, Jeanne avait l'impression de tourner son aiguillage, pour le renvoyer dans son passé.

*

Une nuit, la garde-barrière sortit dans son jardin bordant la voie ferrée. A 22 h 50, trois minutes avant le passage du Chambéry-Grenoble, elle tourna sa manivelle à vide. La barrière abaissée dans sa mémoire, elle enjamba la clôture qui remplaçait le passage à niveau et s'allongea sur la voie.

II

Jeanne eut ses règles au cimetière. Elle sentit son ventre se serrer, se griffer et soudain rayonner d'une chaleur douloureuse, au bord de la fosse. Clémence avait proposé l'incinération et la dispersion annuelle des cendres au milieu des cygnes ; Madeleine avait offert le caveau de marbre noir sous le buste ombrageux de l'animalier. On avait tiré à pile ou face. Qu'importait à Jeanne ce qu'allait devenir le corps de sa mère, quand elle ne savait même plus la couleur de ses yeux.

Elle l'avait tellement barrée, dans sa tête, tellement niée pour ne plus la voir, zombie laborieux le matin, épave à minuit, dépeignée, gonflée de bière, retournant la maison à la poursuite de choses qui ne s'y étaient jamais trouvées, tandis que Jeanne revenait sur un nuage d'un film au ciné-club ou d'une rêverie chez ses pères. Trouble-fête. Fausse vivante qui lui cachait ses morts. Il ne restait plus d'elle qu'une silhouette courbée, à peine trente ans, sur la manivelle d'une barrière qui ne se levait plus. Et avant elle, encore plus nette, la silhouette de Jeanne Brun, la grand-mère, à la même place, qui avait vu passer en pleurant sous les escarbilles le dernier train à vapeur. Et puis un mot, un mot terrible que Jeanne ne pouvait avoir entendu, c'était avant sa naissance, mais il était gravé dans sa tête, imaginaire ou deviné ou rapporté par Clémence ; le mot triomphant de sa mère à la mort des deux châtelains : « C'est mon enfant à moi, maintenant, à moi seule. » Elle savait qu'elle n'avait rien à espérer de ces hommes, vivants. Morts, elle n'aurait plus la tentation, la soumission, l'humiliation d'attendre un miracle.

Et c'est pour ces deux salauds probables que Jeanne avait refusé à sa mère le droit d'exister, le droit d'avoir été culbutée dans des lingeries, d'avoir été abandonnée et de survivre. Elle était passée à côté d'un fantôme. Le fantôme était reparti. La mort n'était plus un jeu, une cachette où fuir les vivants. Et son ventre saignait pour rien, trop tard.

Miko parlait, dans les froissements de son anorak sur la soutane, il parlait de la pauvre vie enjambée par un pont, le pont qui avait supprimé le passage à niveau, et le pont de l'indifférence jeté par les autres ; il avait tout compris, et Jeanne lui en voulait. Il sentit son hostilité, en eut mal ; il savait tellement tout ce qui allait se passer. Il se retourna vers le cimetière quasiment désert, et se mit à beugler, par-dessus les quatre silhouettes serrées près de la fosse : la marquise et Madeleine, Mac-Bugnard et la pompiste :

— Oui, ça se dit chrétien et ça boycotte l'enterrement d'une suicidée, c'est si facile ! C'est moi qui suis coupable de lui avoir dit une messe, et pas vous de l'avoir ignorée, de l'avoir laissée descendre sa pente sans un mot, sans un geste : une fille-mère à un passage à niveau condamné, qui ça intéresse ?

Mac-Bugnard leva le doigt dans sa grosse moufle, pour demander la parole. Le prêtre, apaisé, sourit au restaurateur-rapide qui roulait une moue d'cnfant.

— Quand elle montait boire chez moi, monsieur le curé, c'est pas pour me mettre en avant, mais j'y disais bien que la vie, c'est pas de bousiller l'après-midi ce qu'on a fait le matin. Parce que c'est pas une femme qui pleurait sa peine, attention ! Seulement, comme ça servait à rien de tourner sa manivelle sans les barrières, et qu'elle le savait, elle buvait l'illusion, quoi. A la cinquième bière, c'est pas pour dire, les trains roulaient comme avant, elle appelait les locos par leur nom, et les mécaniciens aussi ; moi j'y répondais, j'agitais la main, bonjour mademoiselle Brun ; la nature d'un cafetier, c'est de participer quand le buveur déconne, moi c'est ma conviction. Et puis un mot gentil pour les piétons qui passaient le portillon, toujours pressés, comme quoi ils sont à pied, ils ont la priorité, vous connaissez les gens : « Attendez, madame, vous entendez pas la sonnerie ? Imaginez que votre talon se coince dans les rails, le 11 h 12 arrive, je peux rien faire pour vous : j'ai des barrières que pour les autos, pas pour les trains », qu'elle disait. On riait.

Ce fut le seul éloge. Le colosse en K-Way se dandina sur place, l'œil gonflé, sa grosse main couvrant la tête de Jeanne, essayant d'attraper au fond de sa gorge des consolations philosophiques qui se délitaient dans les propos de comptoir. Cherchant à serrer les mots pour exprimer une pensée fuyante qui lui tordait le cœur, il comprimait le crâne de l'orpheline, et Madeleine lui tapota l'épaule, avant qu'il ne broie l'indicible entre ses doigts.

Le restaurateur expulsa un soupir de rage impuissante, frappa dans ses moufles et conclut que bordel, c'était con la vie. On reboucha le trou.

En sortant du cimetière, Jeanne croisa un homme en uniforme de la SNCF. Elle se retourna, le vit s'approcher de la tombe, y déposer quelque chose qui était peut-être un brin de muguet, et se recueillir tout seul devant le monument noir. Elle voulut croire que c'était le conducteur du Chambéry-Grenoble, le seul qui n'y était pour rien, et une immense tendresse l'envahit. C'était peut-être le premier homme qu'elle regardait de sa vie. Elle serra son manteau noir sur le pantalon que le sang collait à ses jambes, et s'abandonna aux larmes qui jusqu'alors s'étaient refusées.

Un inconnu vint les lui voler, naturellement, les tartina sur ses joues en l'embrassant dans un parfum bon marché ; il piquait, transpirait, il était désolé, il était en retard, empêtré dans son costume sombre et sa couronne déplumée, il s'excusait, elle était minable, il avait perdu les fleurs, tellement il avait couru. Restaient les « regrets éternels » en nylon mauve. C'était le frère de la garde-barrière, que Jeanne n'avait jamais vu. Il était chômeur quelque part dans le Nord. On lui indiqua où aller déposer sa couronne.

Au retour, il trouva Clémence, enroulée dans sa cape en cachemire, la voilette remontée sur son canotier bleu nuit. Elle lui accrocha le bras en l'appelant « mon malheureux ami », et l'installa dans sa voiture, une Fiat 500 au toit scié, remplacé par une tente rayée abritant des sièges en rotin, qui évoquait la roulotte d'un marchand de glaces.

L'été, une corde à pompons servait de portière ; l'hiver, c'étaient des feuilles de plastique pour serre, fixées par des pinces à linge. Paul lui avait offert cette « série spéciale » pour leur dernier anniversaire de mariage, et elle s'enrhumait à sa mémoire avec des fièvres attendries, qui lui permettaient aussi d'hiverner sans remords sous son édredon rose. Ils avaient toujours fait voiture à part et, la Rover du marquis demeurant « en l'état » au garage, batterie débranchée, Mme de Freine vivait en paix avec son mort. La seule chose qu'elle lui reprochait, en trente ans de joies communes, était leur fils, un incolore qui préparait Centrale, promis à un avenir sans ombre, sans folie, sans cœur. Elle aurait tellement souhaité que Jeanne fût de son mari.

— Mon malheureux ami, nous sommes tous au désespoir et je comprends votre chagrin que je partage.

Elle avait décliné sa phrase avec une telle fraîcheur, le regard émerveillé, le doigt tortillant négligemment une mèche de rotin échappée de son siège, que le garçon s'embrouilla dans ses formules de politesse et répondit « y a pas de quoi ».

— En effet. Aussi je ne vais pas vous emprunter quatre chemins : voici pour vous.

Elle lui tendit un chèque. Il le déplia avec un tic d'incompréhension et resta figé, tout rouge. La marquise le jugea offensé par ce geste après tout cavalier, et se souvint qu'elle ne s'était même pas présentée.

— Où ai-je la tête ? Je m'appelle Clémence de Freine. Comme la prison, mais sans *s* et avec *e-i*.

Le garçon fronça les sourcils, pour rassembler l'information, ne sachant comment réagir à la somme astronomique qui tremblait sous ses doigts.

— Ah ! dit-il. Comme « je freine », quoi.

— Voilà. C'est vrai, on n'y pense pas.

— André Brun.

Il lui tendit les doigts, après avoir fait passer le chèque dans l'autre main. Sa poignée fut molle car, dans les feuilletons de la télé, quand on rencontrait une « de », on lui baisait la main, mais ça se faisait debout, pas assis dans une auto, et il ne savait trop comment se conduire. Clémence, de son côté, était confuse d'avoir évoqué une prison, pour faire saisir l'orthographe de son nom à ce chômeur, qui allait peut-être croire qu'elle assimilait les demandeurs d'emploi à de futurs délinquants. Il y eut un silence.

— Mais, finit par bredouiller le garçon en montrant le chèque, c'est... c'est à propos de quoi ?

— Ah oui ! fit Clémence qui avait un peu oublié le but de la scène. Nous sommes les marraines de votre nièce, je ne sais pas si vous êtes au courant, comme on ne vous a jamais vu. Soyez gentil de ne pas parler du chèque, enfin, de la somme, à cette pauvre Madeleine, qui a bien des malheurs avec son château. Croyez que, sinon, elle aurait contribué, mais on n'est pas encore sorti de l'hiver. Conduites qui gèlent et tout. Moi, je suis tranquille : j'ai mes feux rouges. Je pense qu'elle vous donnera une toile.

— Une toile ? balbutia le garçon, partagé entre l'envie de s'enfuir et la peur que tout cela fût une blague.

— Un Chaume, expliqua la marquise.

— Ah, fit-il au hasard, la tête pleine de visions contraires que les mots de Clémence entremêlaient.

— Remarquez, c'est un placement. Si j'étais vous, avec mon chèque, je lui en achèterais d'autres. L'art contemporain, plus c'est laid, plus ça prend de la valeur. La beauté se démode toujours plus vite, vous n'avez pas remarqué ?

— Oh si !

— Eh bien, j'ai été ravie de lier connaissance, dit-elle soudain en lui retendant la main.

Cette fois, il prit son courage à cinq doigts et déposa un baiser au ras du poignet.

— Comme c'est charmant... Mais c'est curieux de faire ça en extérieur. Ma Fiat est si ventée que je n'y pense pas : j'ai gardé mes gants, je suis navrée. Nous nous sommes tout dit ? questionna-t-elle avec une anxiété.

— Ben... sauf pour le chèque, oui, répondit-il, mortifié.

Elle sourit, la tête penchée, dans un mouvement tournant des yeux : il avait vraiment l'écorce épaisse. Avec une brutalité complice, elle lui sortit tout à trac que c'était pour lui acheter ses droits sur Jeanne, qu'il ne songeait nullement à faire valoir, elle l'avait bien senti, mais tant pis, c'était trop tard : elle n'allait pas revenir sur son geste ; l'argent était à lui. Médusé, le garçon regarda les zéros de la somme sous un éclairage nouveau, et ne put s'empêcher de remarquer :

— Quand même, c'est ma nièce...

Sans qu'on sût jamais si cette réticence soulignait le prix du sacrifice ou un remords de conscience. Clémence mit son moteur en marche, dans un bruit de moulin à café haché par le clapotis des bâches, et déposa son passager à la gare. Madeleine l'attendait avec un tableau emballé. Il remercia, dit au revoir, bonne continuation, et si vous passez par Roubaix. Clémence le pria de bien vouloir lui rendre ce qu'elle appelait sa poignée de portière.

— Il a signé ? demanda Madeleine par acquit de conscience, quand il se fut éloigné.

— Mon Dieu ! Mais quelle tête de linotte ! s'écria Clémence en lâchant la pince à linge.

Dans un fatras de poudriers qui se cassèrent sur le quai, elle sortit de son sac la renonciation dactylographiée établie au nom d'André Brun. Elles faillirent se lancer à sa poursuite, mais l'air ébloui avec lequel l'oncle déchu demanda au contrôleur de lui donner un billet de première les rassura : peut-être faudrait-il un jour rallonger la somme, mais Jeanne était à elles. Restait à savoir ce qu'elles allaient en faire.

Le père Miko sut convaincre les deux marraines que l'intérêt de la petite n'était pas d'être partagée indéfiniment. Clémence conseilla de l'envoyer faire un séjour aux Bahamas, où elle possédait une villa sur une plage. Madeleine préférait les ursulines de Veuillard, près de la frontière suisse, où les jeunes filles apprenaient à découper les poires et obtenaient leur bac avec mention très bien. Miko suggéra l'École du cirque d'Annie Fratellini, à Paris, qui délivrait en trois ans un diplôme d'équilibriste, tout en assurant une formation générale entre les heures de fil.

Jeanne reçut les trois propositions, et fit gagner Madeleine. Elle ne voulait pas fuir à l'étranger, elle ne voulait pas qu'on la regarde, elle voulait s'enfermer dans une discipline pour ne plus voir personne. Elle avait passé son enfance à essayer de ressusciter ses deux faux pères, et n'avait réussi qu'à faire mourir sa mère. C'était fini. Elle n'était plus une enfant. Elle ne voulait plus être une femme.

Ses marraines et Miko la virent monter un lundi, avec sa valise à carreaux, dans un train Corail, sans se retourner. Quand le passage à niveau désaffecté apparut à l'angle de la fenêtre, elle ferma les yeux. Puis, en gare de Lassieux, elle ouvrit la portière côté voie et jeta sa valise, retourna s'asseoir.

*

Le père Miko espaça les répétitions de la chorale, ajourna les alertes atomiques. Au ciné-club, il programma un cycle Bourvil. Son projectionniste était maintenant un moniteur de ski aux lèvres blanches, qui lisait *Spirou* entre les bobines. A la chapelle, Mlle Drumettaz tenait l'harmonium, courbée sur le clavier comme une guêpe en train de découper une boulette dans un morceau de viande. En élevant Jeanne à son image, Miko s'était fabriqué une petite ombre, qui ne le protégeait plus. Il avait perdu sa raison d'être original, de déranger, d'avoir de beaux restes ; il était vieux. Il disait la messe d'une façon normale, à présent, et ses paroissiens, ravis de l'avoir fait ainsi rentrer dans le rang, fréquentaient ses offices avec une fierté assidue. Le souffle des magnétophones n'inspirait plus les sermons, qui étaient creux. Souvent, le dimanche à onze heures, Miko suspendait à la porte de sa chapelle une affichette « COMPLET ».

Madeleine s'était retranchée dans son château, déplaçant les cuvettes sous les fuites, condamnant sans cesse des pièces qui ensuite se mutinaient ; la révolte gagnait et il fallait encore peindre un Corentin Chaume. Elle n'avait jamais aimé Jeanne, mais elle avait besoin d'elle, de cette petite guerrière toute droite, intransigeante et sans haine, que la vie allait détruire, fatalement, et Madeleine aimait cette idée. Jeanne paierait comme elle, deviendrait sèche, ne garderait plus de ses combats qu'un instinct de méfiance, une inaptitude à l'oubli et une ironie dans l'amertume, que les gens ne comprendraient pas. Jeanne, elle, n'aurait pas de château incurable à soigner, n'aurait pas la mémoire d'un mort indifférent à entretenir dans l'imposture, n'aurait ni le talent ni les moyens de tromper le vide en avançant masquée. Du désespoir, elle ne connaîtrait que l'écœurement. Dans le meilleur des cas, elle deviendrait une tricheuse ; elle ne serait jamais une faussaire.

Dans son parc à l'abandon, Clémence de Freine s'ennuyait. C'était une expérience nouvelle qui l'emplissait de curiosité. Elle avait défendu à son jardinier de tondre les pelouses et de tailler les haies ; ce printemps anarchique, mélange de temps suspendu et de poussées brouillonnes, s'accordait tout à fait avec l'absence de Jeanne. Clémence se sentait punie ; en réponse, elle livrait le gazon et les branches à leurs responsabilités, leur liberté, leur désordre. Il était déjà assez triste que Jeanne fût derrière des grilles, disciplinée, assagie, fauchée. L'herbe était haute, gonflée de trèfles et de mousses, les troènes et les pruniers du Japon se répandaient en s'emmêlant ; c'était une façon pour Clémence d'écrire à Jeanne, puisque ses lettres lui revenaient toujours, closes, avec un mot sur le rabat de l'enveloppe : « Ne m'écris pas encore. » Obéissante, la marquise n'avait écrit qu'une fois ; c'était toujours la même lettre qu'elle renvoyait. Les surcharges et les cachets successifs rendaient l'enveloppe illisible : parfois, c'était un boomerang sans escale, le bureau de Chavignin la redistribuant à Chavignin. D'autres fois, une semaine de silence indiquait sans doute que c'était Jeanne qui subissait un aller-retour.

Un jour, les postiers se lasseraient et la lettre mourrait fermée, dans un centre de tri, entre Veuillard et Chavignin. Ce jour-là, Clémence se disait qu'elle irait chez les ursulines, malgré l'interdiction que lui avait signifiée Jeanne en partant. La marraine éconduite retournait dans sa bouche, avec ses pastilles au gingembre, le mot « ursulines », qui la rendait toujours joyeuse. Elle revoyait ce passage d'un conte de Voltaire, où les ursulines sont présentées comme un ordre religieux très strict, imposant à ses nonnes de faire tenir, dès le lever du jour et pour le salut de leur âme, un œuf coincé entre leurs fesses. C'est d'ailleurs la seule chose que la marquise racontait dans sa lettre voyageuse. Le temps ne lui durait pas, ses pensées étaient toujours les mêmes, l'herbe envahissait tout et, à l'automne, on laisserait les feuilles par terre.

Clémence s'abandonnait parfois avec un soupir d'aise sur le banc au bord du lac, heureuse. « Je fais une dépression », confiait-elle, un doigt sur la bouche, les sourcils haussés dans ses mèches blanches, à son jardinier qui acquiesçait d'une moue : elle pouvait compter sur lui. Il éjectait les visiteurs, les démarcheurs, la famille proche. Sur le grand portail de bois moussu, il avait repeint la pancarte : « Ne sonnez pas : chien malade. » Louis-Philippe, le chien, était mort l'été dernier. Clémence avait laissé le chauffage dans sa niche, tout l'hiver. En revanche, cette année, le jour anniversaire du naufrage de son « veuf », comme elle appelait tendrement Paul de Freine, elle avait fait la grève des cendres. A quoi bon, sans Jeanne.

*

De la vie chez les ursulines, il n'y avait rien à dire. Jeanne ne parlait à personne, travaillait très bien, agaçait tout le monde, ne le voyait pas. Les religieuses qui passaient dans les couloirs voûtés, avec leur odeur de savon rance, enlevaient tout relief à l'espoir. Jeanne tenait bon, parce qu'elle ne tenait à rien. Elle avait quatorze ans. Ses seins poussés si vite ne la dérangeaient pas, le travail de son ventre la laissait en paix, puisqu'il venait au jour prévu sur son calendrier à lunes des engrais Miraclor, et si elle se caressait la nuit, c'était à heure fixe, 10 h 28 aux chiffres verts de son réveil à quartz, et avec des images toujours identiques, pour ne devoir à rien ni personne, et surtout pas au hasard, les hoquets de plaisir qui s'achevaient en larmes. Elle se méfiait du sommeil, elle lui refusait de jouer avec son désir ; elle s'endormait enroulée dans une ceinture de corde qu'elle serrait sur ses reins très fort. L'image qu'appelaient ses doigts sous les draps, elle l'avait rédigée à l'encre bleue sur un cahier à spirale, avec les séquences et les dialogues. Chaque nuit, elle tournait ce qui était écrit, et rien d'autre. « Je suis fidèle, je serai toujours fidèle, disait-elle dans le noir, et je ne serai jamais amoureuse. »

Au pensionnat, il y avait un seul être humain : le professeur de cuisine, mère Marie-de-la-Résurrection. C'était une géante de cinquante-deux ans, taillée à la serpe, native du col des Roussettes, qui avait pris le voile à cause d'un chagrin d'amour. « Si j'étais un homme, mon gars, je serais dans la Légion étrangère », proclamait-elle, poings sur les hanches, avec un coup de menton. Jeanne adorait cette illettrée tapageuse, qui avait décidé de croire pour oublier, s'y donnait corps et âme, récitait son chapelet en poussant sur son prie-Dieu, rouge sous l'effort, partageait le monde en « mon gars » (les pensionnaires) et « collègue » (les ursulines), se frappait la poitrine en avertissant les gamines que, si elle avait de la moustache, c'est parce qu'elle s'était trop fréquentée à leur âge, alors gare ! « Mais pour la foi, barrissait-elle, je crains personne. » A preuve, depuis qu'elle avait marié le Saint-Esprit en secondes noces, elle ne se rasait plus.

La communauté des ursulines avait éprouvé quelques réticences à admettre ses manières rustaudes, sa ferveur excessive, sa jubilation bruyante à servir Dieu comme un consommateur, « et pour mon Seigneur, un bon p'tit Notre-Père », cette façon d'arborer sa moustache comme on porte un cilice, ses signes de croix à poing fermé et ses bourrades à l'aube, tonitruantes, ses claques dans le dos qui faisaient sauter les chapelets, « salut, collègue ! ».

Mais mère Marie (« Germaine, dans la Résistance », ajoutait-elle au début, avec un bon rire — depuis, elle avait reçu des réflexions et elle le faisait moins, en précisant toutefois que « Résistance », c'était pas pour faire un bon mot, ça voulait dire le temps où elle résistait à l'amour du bon Dieu, mais, à l'époque, ils avaient pas encore été présentés, fallait dire aussi), mère Marie avait apporté à l'ordre de sainte Ursule le secret familial de la distillation du chardon bleu, avec lequel elle fabriquait une liqueur brutale qui assurait à la congrégation des rentrées régulières.

Les jours de distillation, enivrée par les vapeurs crevant les bulles de son alambic, la bouilleuse de cru beuglait des cantiques à boire de sa composition, dont l'écho emplissait le couvent où les nonnes priaient avec des boules Quiès. C'était un spectacle réjouissant pour les pensionnaires que ce concert en canon, où les chœurs acidulés de l'*Ave Maria* se mêlaient aux accents claironnants de « Vierge bénie, viens nous servir à boire ».

Attirée par les effluves qui lui serraient le cœur, Jeanne s'était introduite un jour dans la cave où mère Marie blasphémait en mesure. La liqueur de son demi-père, qu'elle avait si longtemps cherchée dans ses cuites de la Rover, était du chardon bleu. Elle avait décidé de le croire, du moins, en refusant d'y goûter, malgré l'invitation sans façons de la nonne géante : « Bois, mon gars, c'est bon pour c' que t'as. » Appuyée à une énorme spatule en bois, l'ursuline se dandinait, le regard noyé dans les reflets cuivrés de l'alambic :

— Tu vois, moi j'y bois que dc par le nez, et les fumées qui me rentrent, c'est la liqueur du Ciel, c'est mon papa. Il est tombé dans la cuve, quand j'étais à ton âge — rond comme un billot d'avec les vapeurs, qu'on s'était dit, l'explication —, il a été distillé et on y a bu des coups à sa mémoire, jusqu'à temps qu'on a su que not' mère nous avait fait un conte : à la réalité, il était parti avec une aut' femme. Ça fait rien : pour moi, il sera quand même tombé dans la cuve, et quand je le prends de par le nez, j'y dis bonjour mon papa, je t'oublie pas.

Jeanne était réconciliée avec le destin qui lui jouait des tours. Dans l'aventure de la mère bouilleuse, parallèle à la sienne, elle retrouvait son jeu de cache-cache avec un passé menteur qui s'apprivoisait bien. Mère Marie relayait le père Miko, les marraines; les vapeurs de l'alambic ranimaient le souvenir de la liqueur perdue. Sur la fiche d'avenir distribuée aux pensionnaires, Jeanne avait inscrit qu'elle voulait être bouilleuse de cru. Mère Marie, très fière, acceptait de la prendre en apprentissage. Mais le privilège dont jouissait sa famille, depuis trois siècles, devait normalement s'éteindre avec elle. Aussi, un mercredi après-midi, elles s'étaient rendues chez le notaire, qui avait ouvert des yeux ronds.

En sortant de l'étude, entre le premier étage et le rez-de-chaussée, l'ursuline arriva à la conclusion que, si son privilège de bouilleuse était intransmissible, c'était la faute à Dieu qui l'avait empêchée d'avoir des enfants, et elle résolut d'allr trouver l'évêque, qui était un peu responsable et pourrait écrire un mot pour raisonner le notaire. Devant passer par la voie hiérarchique, elle transmit sa requête à la mère supérieure, qui tomba des nues lorsqu'elle entendit parler d'adoption. Le rendez-vous ne se passa pas très bien. Il y eut des cris, mère Marie dégonda la porte en sortant et la supérieure, assise par terre les jambes en compas, avait un œil au beurre noir. La bouilleuse en colère dicta à Jeanne sa lettre de démission, qui commençait par « Je soussignée mère Marie-de-la-Résurrection, allez vous faire voir », et quitta la congrégation avec son alambic, après avoir fracassé dans les caves deux mille trois cents bouteilles de chardon bleu. Elle retourna au col des Roussettes consommer son divorce avec Dieu et, comme elle n'était pas rancunière, elle envoya chaque mois aux ursulines, en guise de pension alimentaire, un saucisson de montagne, fabrication maison.

L'entracte était fini et la vie au pensionnat redevenue lisse. Mais l'armure de Jeanne ne fermait plus. Ses résultats baissaient, les mères enseignantes envoyaient des rapports alarmistes à la marquise de Freine, qui répondait par des chèques. Un jour, à trois semaines des vacances d'été, Jeanne déchira l'enveloppe de Clémence, que toutes deux se renvoyaient depuis quatre mois.

Devant sa boîte aux lettres vide, Clémence s'étiola trois jours. Le vendredi, à la répétition de la chorale, elle demanda à Madeleine Chaume, entre le couplet et le refrain, de profil et par simple rosserie, si elle avait des nouvelles de Jeanne. Madeleine lui tendit un bout de feuille quadrillée, et, tout en chantant une adaptation liturgique de *When the Saints,* la regarda lire du coin de l'œil :

Ne me laisse pas ici, je n'en peux plus.

— Mais quand l'avez-vous reçue ? bondit Clémence.

— « *Au dernier jour, du grand retour* », scanda Madeleine en réponse, « *Dans la clarté d'un ciel nouveau...* ». Elle me l'envoie chaque jour depuis une semaine.

— « *Le Seigneur viendra sur terre* », enchaîna Clémence pour étrangler l'émotion. Et vous avez répondu ?

— Non. « *Pour sauver l'humanité, yéééé...* » Et vous, que vous écrit-elle ?

— La même chose. « *Wabalaboum.* »

— Dites donc, intervint le curé, vous avez fini de rajouter du texte ?

— Mais c'est une lettre de Jeanne, expliqua la marquise.

— Faites voir. Les autres, gloussez-moi ça encore un coup. Drumettaz, vous pouvez passer la seconde : on n'enterre personne.

Mlle Drumettaz enfonça la pédale avec ressentiment et l'harmonium hennit pour revenir au début du refrain. Miko s'était approché des marraines avec un air circonspect. C'est lui qui avait envoyé la lettre à Madeleine Chaume, en imitant l'écriture de Jeanne. Il s'était fait conduire à Veuillard dans la 2 CV de Mac-Bugnard, au péril de sa vie, tant les roues semblaient indépendantes du volant, ce qui, par l'effet du défi et de la mortification, le remettait en paix avec sa conscience. Soutane à l'appui, il avait obtenu de la préposée qu'elle notât ses consignes, pour l'envoi échelonné des lettres qu'il lui confiait. Il savait que Madeleine ne bougerait pas, mais qu'en lui écrivant en premier, la réaction de Clémence serait plus violente, soudaine et profitable.

Rentrée dans son château rose, après la répétition, la marquise jeta son canotier, descendit à la cuisine avec l'urne de son défunt sous le bras, la vida en deux tas sur les plateaux d'une balance, rétablit l'équilibre à la cuillère et, quand le fléau indiqua le partage exact, elle versa dans une grande enveloppe rembourrée la moitié de son mari et l'adressa à Jeanne. Tout était fini, entre elles, puisque la petite avait choisi Madeleine. Trois jours plus tard, parvenait au château rose la fausse lettre de Jeanne, que Miko avait su faire attendre :

> *Au secours, viens me chercher ! Je veux rire avec toi, Clémence, vivre, je t'en supplie.*

Clémence de Freine, jugeant sa Fiat 500 de marchand de glaces un peu insuffisante pour la circonstance, alla acheter à Chambéry une Jeep Cherokee à quatre roues motrices. Son jardinier, ancien inspecteur de police, lui avait garanti qu'avec les plaques WW d'un garage, une voiture neuve empêche qu'on retrouve l'identité de son propriétaire. Clémence lui paya un costume de banquier en week-end, s'habilla elle-même — salopette de soie noire, capeline à jugulaire et lunettes fumées — en vedette de cinéma muet, et ils partirent de nuit pour Veuillard à travers des sentiers caillouteux de montagne, un phare blanc allumé sur le toit du 4 × 4, comme pour chasser le chamois. Le meilleur alibi, avait affirmé le jardinier, était d'être en situation illégale *pour autre chose.*

— Ça ne vous rappelle rien ? soupira Clémence dans le noir, jambes croisées contre la portière.

— Si, madame Clémence, répondit le jardinier avec une boule dans la gorge.

Il y avait entre eux beaucoup d'escapades, quelques cadavres et peu de regrets. Le jardinier, qui n'était plus jardinier depuis le départ de Jeanne, puisqu'il fallait laisser le parc à l'abandon, se serait fait tuer pour Clémence. Costaud, court, noueux, barbe rousse, il semblait tout droit sorti de *Lady Chatterley*. Ils n'avaient fait l'amour qu'une fois, pour être tranquilles. C'était en juillet 73. Clémence ne se rappelait que la date, elle en était confuse, et le complimentait toujours sur ses roses, pourtant bien moches et rabougries, afin de se faire pardonner une amnésie des sens qu'il était à cent lieues d'imaginer, son souvenir à lui étant d'une intensité si brûlante que, dans son esprit, ils n'avaient jamais récidivé de peur de se laisser emporter dans une passion sans bornes. Bref, ils s'entendaient bien.

Ils arrivèrent devant le portail de service du couvent à trois heures du matin. Ni l'un ni l'autre n'avait de plan particulier. Ils avaient apporté une corde, voilà tout. Le sommet de la grille était caché par une voûte, le mur d'enceinte n'offrait pas davantage de prise. Ils firent le tour des bâtiments, deux fois. Les hautes fenêtres à barreaux, bleuies par une lueur de veilleuse, signalaient le dortoir, au deuxième étage. Ils imitèrent le cri du coucou et celui de la chouette en revenant sur leurs pas, le long des murs gris, s'interrompant sous la douche claire des becs électriques. Un pêcheur qui passait à vélo regarda ces deux oiseaux marchant la tête tournée vers les hauteurs, hululant avec régularité, les mains dans le dos. Un volet s'ouvrit, au-dessus de la boulangerie voisine, une trogne hirsute apparut, leur cria « Chut ! ». La sonnerie d'un réveil grelotta derrière le dormeur qui referma sa fenêtre. Clémence et son jardinier s'immobilisèrent sur le trottoir, se regardèrent.

— *And now ?* s'informa la marquise.

Le barbu se rengorgea, l'œil rétréci, bombant le torse. Il suffisait de lui parler anglais pour voir les problèmes disparaître. Vingt ans plus tôt, inspecteur stagiaire à la police judiciaire, il avait rencontré la reine Mary. Devant effectuer un séjour officiel à Paris, Sa Majesté avait reçu la liste de ses déplacements envisagés par le service du protocole. A la stupeur de Buckingham, la reine mère, qui avait lu Mac Orlan, avait formulé le souhait de visiter, au lieu des musées prévus, un établissement typique de Pigalle. Les services de sécurité français, alertés, avaient sélectionné le *Mayflower*, rue des Martyrs, qui offrait des tentures de velours convenables autour d'une scène en demi-cercle, où défilaient d'ordinaire, devant des passagers de cars bavarois, des strip-teaseuses à langue tournante. Une descente de police vida l'établissement, boucla le personnel et les filles, que remplacèrent des flics déguisés, choisis sur photo par Lord Huntley, délégué du protocole, pour leur ressemblance avec la faune supposée de Pigalle. C'est ainsi que Charles Thonon, inspecteur stagiaire, avait joué le rôle d'un truand montmartrois, sous la direction de Lord Huntley, qui lui avait incliné le béret sur l'oreille en disant : « *You're the typical* gigolo de Paris, *you see ? But soft.* » Et la reine mère, entrant à minuit, l'air canaille dans son imprimé à volants bleus, sac pervenche à la main, casquette à pont sur la permanente pour faire incognito, l'avait apostrophé en ces termes, tandis qu'il examinait ses cartes de belote devant sa limonade :

— Eh bien, mon gros mastar, ça biche ?

Cramoisi, éperdu de fierté, l'inspecteur avait répondu : « Casse-toi, poulette. » C'était l'aventure de sa vie. Être abordé par une reine, avec une réplique de San Antonio dite sur le ton de Stan Laurel, justifiait largement les dix ans de circulation et les neuf mois de machine à écrire qui composaient sa carrière policière.

Si Sa Majesté, de retour à Londres, avait exprimé une déception certaine face à la légende très surfaite de Pigalle, l'inspecteur Thonon, depuis ce jour, avait sans relâche nourri dans sa tête et dans les cafés cet épisode somptueux, offrant des tournées de sherry aux consommateurs inconnus en lançant d'un air dégagé : « Moi, c'est comme je disais à la reine. » On le surnommait « Queen Mary ».

— Cocktail ? proposa-t-il.

— Que Dieu nous pardonne, soupira Clémence.

Il alla prendre à l'arrière du 4 × 4, que Clémence appelait son quat'quarts, une bouteille de White Horse maintenue par des courroies, la déboucha, y plongea la mèche tirée de sa poche.

— Ce n'est pas trop puissant ? s'inquiéta Clémence.

— J'ai mis du Mir, la rassura-t-il.

Il alluma la mèche et, agenouillé devant la grille de service, envoya d'une tape la bouteille rouler en direction d'une poubelle. Dix secondes plus tard, le cocktail Molotov pour vaisselle explosait dans un jet de couvercles en fer. Les déchets s'enflammèrent, les fenêtres s'allumèrent dans la rue, le boulanger repassa la tête par sa croisée pour beugler :

— Au feu chez les nonnes !

Le dortoir s'illumina, résonna de cris. Des ursulines jaillirent de la chapelle, se bousculant comme des autos tamponneuses. D'autres cavalaient en chemise de nuit au milieu des gamines à demi réveillées, essayant de les canaliser, hurlant des paroles rassurantes et s'affolant en rond. Clémence et son jardinier secouaient la grille à quatre mains pour attirer l'attention des paniquées.

— J'ai un extincteur ! s'époumonait Queen Mary, brandissant entre les barreaux son Sicli rouge.

— Dépêchez-vous, mes mères ! renchérissait la marquise. Ça pue !

Les religieuses finirent par ouvrir le portail, dans la fumée noire qui montait des poubelles. Queen Mary alla maîtriser son sinistre sans se presser, à petits jets de neige carbonique, comme s'il composait une décoration à la chantilly, surveillant du coin de l'œil Clémence qui, sous son grand chapeau, derrière ses lunettes de star, accostait les nonnes et les enfants en leur demandant si elles n'avaient pas vu Jeanne Brun. Le jardinier finit par siffler entre ses doigts, Clémence se retourna, il s'excusa du sourcil et lui montra Jeanne qui, sur le seuil de l'internat, bras croisés sur sa chemise de nuit, les contemplait depuis un moment. Clémence se précipita en criant : « Vous, là-bas ! », pour ne pas donner l'éveil et, arrivée devant Jeanne, lui mit les mains sur les épaules, avec un sourire de mission accomplie.

— Me voilà, dit-elle simplement.

Jeanne la dévisagea en secouant la tête, sa surprise et sa colère fondant sous l'attendrissement, la joie débridée, la magie revenue, le temps perdu qui s'évaporait. Elle se jeta contre Clémence.

— Je ne t'aurais jamais appelée, dit-elle en la serrant de toutes ses forces.

— Qu'est-ce qu'il te faut ! s'insurgea la marquise avec un hoquet.

— Mais c'est génial que tu sois là. Tu m'emmènes ?

— Je te kidnappe, précisa Clémence en agrandissant les yeux, gourmande. Mais chut ! Ne sortons pas ensemble. Je pars la première, tu comptes jusqu'à trente et tu me suis, Queen Mary nous rejoindra.

La sirène des pompiers retentissait quand ils se retrouvèrent tous trois dans la Cherokee. Ils laissèrent passer deux fourgonnettes rouges, suivies du camion avec la grande échelle.

— Vous avez l'appel à quelle heure ? demanda le jardinier.

— Ce n'est pas l'armée, répondit Jeanne. Et puis, il y a plein d'autres filles qui ont fait le mur, je les ai vues. A mon avis, jusqu'à midi, on est peinards.

— C'est comme cela que tu parles, maintenant ? s'étonna Clémence.

Elle regrettait presque d'avoir mis le feu au couvent.

Jeanne était trop grande. Elle avait poussé en six mois, d'une manière assez peu gracieuse, tout en bras, les hanches droites, le dos rond. Les seins étaient trop pleins, juraient. Ils commenceraient à tomber dans deux ou trois ans. C'était assommant. Qu'allait-elle faire de cette femme en graine, hybride et pâle, qui avait remplacé sa petite fille rêvée, son trésor, sa merveille ? Les religieuses l'avaient rendue bête, ordinaire et sérieuse. Queen Mary roulait depuis cinq minutes, et Clémence avait déjà envie de rapporter Jeanne.

— On va où ?

— Tiens-toi droite, ronchonna la marquise, la tête dans les épaules, remontant son pare-soleil pour ne plus voir cette caricature de souvenir dans le miroir de courtoisie.

— Il y a des vêtements sous la banquette, énonça le jardinier, gêné par la déception qu'il percevait chez Clémence.

Jeanne ôta sa chemise de nuit en lin rêche. Irritée, Clémence tourna sèchement le rétroviseur, pour éviter que le regard du chauffeur n'y rencontrât les seins de cette fille. Du coup, elle les trouva beaux, dans le rectangle à l'image dansante. Elle les reconnut. Jeanne avait sa poitrine, cinquante ans plus tard. Réconfortée, la marquise rendit son rétroviseur au jardinier, pivota sur son siège, coude en arrière, posa son menton dans le creux de sa paume.

— Tu veux savoir où je t'emmène ? lui sourit-elle. En voyage de noces. Enfin, le mien. Nous allons le refaire. Ton père serait content.

— Ce n'était pas mon père, dit Jeanne.

— Il serait content quand même.

Jeanne enfila un pull de marin, très doux, à l'odeur de tabac blond, et se rejeta contre la banquette en fermant les yeux.

— Oui, dit-elle, si bas qu'elle s'entendit à peine.

III

Deux heures plus tard, ils abandonnaient la Cherokee à l'aéroport de Lyon-Satolas.

— On n'a pas de bagages ?

— Non. Paul n'emportait rien : il n'aimait que les souvenirs. Nous achèterons.

Jeanne s'appelait désormais Guillaumette de Freine, sur le passeport que s'était procuré Queen Mary auprès d'un faussaire d'Annecy. Elle évita de trop s'attendrir sur cette reconnaissance tardive, qui était surtout pour Clémence un aide-mémoire. Féminiser le prénom de son fils était le meilleur moyen d'enregistrer la nouvelle identité de sa filleule. A 8 h 30, ils s'envolèrent pour Alger, où Clémence de Chavignin, en 1949, avait rencontré Paul de Freine, trafiquant d'armes, et l'avait épousé dix jours plus tard.

— Trafiquant d'armes ?

— Oui, je peux te le dire, maintenant que ce n'est plus ton père. Officiellement, il était gigolo, joueur de polo, colon planteur. En fait, il travaillait au redressement de la France. Le gouvernement le couplait avec un ingénieur général pour aller présenter aux pays en guerre prochaine nos tanks-témoins. C'était Nénette et Rintintin, si tu veux : haute technologie et vieille France ; la compétence de l'ingénieur et la caution du dilettante. L'un convainc, l'autre rassure. Ils avaient un succès fou. En plus, le général était protestant, une tête d'ulcère et tout marqué noir sur blanc ; dans la plupart des pays, ça vexe. Paul touchait les pots-de-vin. Nous avons fait un voyage de noces et d'armes, éblouissant, tu verras. En fait, Paul trahissait la France, mais dans l'intérêt national. Comme nous fourguions les mêmes armes aux agresseurs et aux agressés, il fallait les protéger contre ce que nous étions en train de leur vendre. Quand Paul venait présenter un missile, il donnait aussi à l'acquéreur une option sur l'antimissile prochainement fabriqué par la France — il s'entendait avec le constructeur, sur le dos de l'État, et il empochait l'option. Ça créait l'escalade, ça faisait du bien à notre commerce extérieur, et c'était sans fin. Au sol-sol destructible par un sol-air se substituait ensuite un nouveau sol-sol, contre lequel n'était efficace qu'un sol-air génération 2. Moi, je prenais le thé avec les épouses. Nous nous amusions comme des fous.

Dans la première classe d'Air France, ils buvaient du champagne en beurrant des croissants. Jeanne, un peu ivre dans sa tenue de marin breton trop petite, était aux anges. Jamais elle n'aurait cru que la marquise eût partagé les trafics de son mari, dont elle avait eu l'intuition des années plus tôt, en trouvant les deux pistolets ennemis dans la boîte à gants de la Rover. Paul n'intéressait plus Jeanne. Il se résumait tout entier en Clémence, et c'était parfait.

— J'espère que cela te choque un peu, dit Clémence,

gourmande, en tendant sa flûte vide à un steward qui passait pour autre chose.

— Pas du tout, dit Jeanne. De toute façon, ces pays, ils se seraient tapé dessus, alors au moins, ils se tuaient français.

— Cette enfant est devenue dure, soupira Clémence, désolée, en réveillant d'une tape sur le poignet Queen Mary avachi contre le hublot. Moi, j'étais innocente : je m'en fichais. Et puis, j'étais amoureuse. Mais toi, tu raisonnes. Tu nous absous en raisonnant. Ça, ce sont les ursulines. Sais-tu comment Voltaire les a décrites ?

— Un œuf dans le cul, sourit Jeanne.

— Tu as lu ma lettre ? bondit Clémence en renversant son petit déjeuner.

— Bien sûr, dit Jeanne. En transparence contre une ampoule. Je ne voulais pas t'ouvrir, mais je ne pouvais pas te renvoyer comme ça.

— Jouisseuse, sourit Clémence.

A l'aéroport d'Alger, ils allèrent attendre un vol pour Louxor. Tous les souvenirs de Clémence ayant été plastiqués par l'OAS ou les fellaghas, elle ne voyait pas l'intérêt de s'attarder. Elle raconta à Jeanne, dans la salle de transit, la mosquée jaune où elle avait rencontré Paul. En sortant, elle n'avait plus retrouvé ses chaussures. Le marquis avait déchiré son panama pour lui en faire des babouches, fermées par son épingle de cravate et sa chaîne de montre. Mariage en calèche, un oreiller sanglé sous la robe de Clémence, grâce auquel son père avait consenti à l'urgence de ces noces. Et puis, des années plus tard, leur palais barricadé sur la colline, le toit terrasse où elle montait avec son fils pour voir brûler la ville, sauter les maisons dans un feu d'artifice. Guillaume, tout petit, faisait un vœu à chaque balle traçante, dont le sillage trouait la nuit comme une étoile filante.

— Il faut toujours avoir un enfant avec soi quand il y a la guerre, s'attendrit Clémence, le regard au-delà des cloisons de verre et des familles entassées. Après, ils grandissent.

Longtemps, elle revécut ses bonheurs coloniaux dans les yeux de Jeanne, qui se demandait s'ils visiteraient Louxor également dans une salle de transit. Elle imaginait sans déplaisir un tour du monde clandestin, à l'infini, sans jamais passer une douane, sans mettre le pied dans un pays.

— Mille excuses, s'interrompit Clémence, en s'apercevant qu'elle célébrait depuis une demi-heure l'Algérie française, au coude à coude avec un père de famille arabe. Clémence de Freine, bonjour. C'est à vous, les enfants, jusqu'au bout de la rangée ? Merveilleux. Vous aussi, vous faites votre huile ?

L'homme, son chapeau à la main, écarta avec fierté le journal qui emballait une bouteille gluante, à l'étiquette Sidi-Brahim barrée d'un trait de sparadrap.

— Oui, tu vois, huile d'olive.

— Comme c'est drôle, la vie ! se réjouit Clémence. Bonjour, madame, ajouta-t-elle par courtoisie, à l'adresse de l'épouse au voile bâillant qui suait à trois sièges de son mari. Moi aussi, j'ai cent hectares d'oliviers dans le Var, mon fermier m'envoie une bouteille à Noël. Je vous la ferai goûter, si vous me laissez votre adresse. Moi, je n'aime la salade qu'au tournesol. Mais cent hectares de tournesol, vous imaginez ?

L'Algérien hocha gravement la tête, se retourna vers sa femme qui opina à son tour.

— En décembre, il n'y a rien de plus triste. Il reste des tiges noires et de grosses fleurs grises, séchées, qui ne tournent plus. Mais si vous êtes comme moi, si vous n'aimez pas l'huile d'olive, faites donc des briques. J'ai des neveux qui travaillent dans l'Énergie nouvelle ; il paraît qu'avec la substance qu'on tire de l'olive, une fois cuite, on fait des briques beaucoup plus dures et moins chères. Je vous le dis entre nous, c'est top secret : d'ici l'an 2000, ça va sauver votre économie.

Émerveillée, Jeanne la regardait s'ébattre, au milieu des enfants qui l'avaient instantanément adoptée. La mère, avec des avancées de tête encourageantes, lui offrait des figues sorties de son cabas. La marquise, en échange, extrayait de son sac en perles de petits tas écrasés enveloppés de serviettes en papier :

— Tenez, moi j'ai volé ça dans l'avion. C'est très bon.

On compara les pâtisseries d'Air France et les figues d'Algérie, on se quitta avec effusion au départ des vols. Queen Mary avait dormi tout le temps de l'escale contre la paroi vitrée, en souriant.

— C'est là que je suis arrivé, glissa-t-il à Jeanne, avec un geste qui désignait, sur la dernière baie, la direction d'Alger. En 61. J'étais chargé d'arrêter M. de Freine, pour une histoire d'OAS. Depuis que je connaissais la reine d'Angleterre, tu comprends, un marquis, je pouvais pas. Je me suis laissé assommer, il a sauté du train. Après l'Indépendance, ça s'est tassé ; j'ai quitté la police et il m'a pris comme garde du corps.

Il avait parlé d'une voix émue, en regardant Clémence qui marchait devant eux, moulée dans sa salopette de soie noire, sous sa capeline de cinéma muet. Jeanne avait l'impression de ne plus vraiment exister, d'être en surnombre, en excédent de bagage ; c'était doux.

— Et maintenant, l'Égypte ! conclut la marquise en frottant ses mains gantées, quand ils franchirent la porte d'embarquement.

Ils ne virent pas de pyramides. Ce n'est pas la peine, disait Clémence : il y a des photos. L'avion resta immobilisé trois quarts d'heure sur la piste de Louxor, parce que la porte était coincée.

— Ça me rappelle mon cousin, soupira Clémence, en sortant de la gibecière de Queen Mary le thermos de champagne qu'elle avait fait remplir sur Air France. Le duc de La Force. En montant sur l'échafaud, à la Révolution, il s'est pris le pied dans une marche, il a trébuché et il a dit en râlant : « Ça commence bien. »

Jeanne la laissa rire, ne commenta pas l'incident, attendit que le personnel au sol eût réussi à ouvrir au pied-de-biche la porte de l'avion, avec les compliments d'Egyptair. Ils traversèrent l'aérogare en béton, qui ressemblait à celui d'Alger, et montèrent dans un taxi Peugeot à la moleskine suintante. Clémence donna l'adresse de l'hôtel Mövenpick, en dehors de la ville.

— Je n'ai pas envie de revoir Louxor, dit-elle. D'abord, je n'ai rien vu, sinon la palissade qui cachait le Nil, par la fenêtre de notre chambre. Nous avons fait l'amour enfermés dix jours au Winter Palace, un machin britannique à l'ambiance thermale, délicieux. Nous mangions des kiwis coupés en deux, à la cuillère, comme des œufs coque ; il n'y a rien de plus immédiat, pour un homme. Le gingembre, à côté, c'est de la camomille. Quand Paul ouvrait la fenêtre, il y avait l'odeur du crottin et la clochette des fiacres qui passaient devant la palissade. C'est tout.

Pour éviter toute surimpression à sa lune de miel, elle avait choisi un hôtel suisse, sur une presqu'île de type Saint-Tropez, formé de bungalows reliés par des allées en charmilles, au toit d'hibiscus et de lauriers qui sentaient le Wiener Schnitzel. Touristes allemands, water-polo dans la piscine, défilés de mode répercutés par des haut-parleurs : le dépaysement total, qui fait oublier où l'on se trouve. Seule note insolite, un chameau qui, dans l'indifférence générale, venait mendier son croissant le matin, de bungalow en bungalow, sur la pelouse proprette où tournaient des jets d'eau. Queen Mary ronflait au bord de la piscine, éclaboussé par les plongeurs. Assise face au fleuve sous sa capeline de deuil, Clémence mangeait des kiwis à la coque. Jeanne tournait le dos au Nil et regardait, sur les lunettes de sa marraine, passer le reflet des voiles.

Ils descendirent jusqu'au Caire, en felouque, toussant sous la marijuana de leur skipper en slip, qui adaptait la physionomie de sa barque aux heures des repas, dressant le couvert sur la planche du gouvernail ôtée de l'eau, sa voile étalée en guise de nappe. Clémence fuma poliment le joint qu'il lui tendait en digestif, et dissuada Jeanne de l'imiter, en lui glissant dans le creux de l'oreille :

— Ce n'est pas de la vraie.

Jeanne ne détestait pas qu'à la mort de Paul, la vie se fût arrêtée pour Clémence, sans rien entamer de son enthousiasme. Alger n'existait plus, l'Égypte était un lieu de bronzage, l'herbe avait perdu son goût, et l'amoureuse en pèlerinage, sourire dans le vide, se laissait porter par le courant.

Du Caire, ils ne virent qu'un enchevêtrement de voitures bloquées accordant leurs klaxons, comme un orchestre qui ne se décide pas à jouer. Une odeur de plastique brûlé, de caramel aigre, dans une lumière blanche qui piquait les yeux.

— Naturellement, dit Clémence, nous grillons le musée du Caire. C'est dommage : il a la sonorité d'une piscine couverte, et les gens tournent en rond sans repères, exténués, les goulus qui viennent d'entrer se cognent dans les écœurés qui ne savent plus comment sortir. Paul m'y avait emmenée boire une bière. Un gardien, un sarcophage, un gardien, et le guide du groupe voisin qui recouvre toujours la voix du tien, dans une autre langue, et décrivant des choses que tu ne vois pas. De toute manière, c'est un tel fouillis. Même quand les gens ont les bras vides, ils ont l'air de faire leurs courses pour Noël. Hagards. C'était ma première bière en boîte, une anglaise. Juste revanche, avec tout ce que le British Museum leur a chipé. Il paraît qu'il y a des vitrines vides, avec la description de ce qui devrait s'y trouver et la pancarte « exposé à Londres ». Nous avons posé ma bière vide en équilibre sur la truffe d'Anubis, et nous sommes repartis. Cinq minutes, tout compris. Je crois que c'est un record. Tiens, un bus, montons.

Le car, gros cigare rayé qui faisait sa fumée sous lui, portait sur le pare-brise une pancarte « CAIRO », que son chauffeur avait sans doute oublié de retourner. Ils s'installèrent, sans savoir pour quelle destination. La route fut droite, partageant un désert aménagé en terrain vague où l'on exposait des tanks à l'abandon, souvenirs de la guerre des Six Jours.

— C'est Paul qui les a vendus, ceux-là ? s'informa Jeanne.

— Je ne saurais te dire. Tous les tanks se ressemblent : c'est à cela qu'on reconnaît les bons vendeurs. Mais les Égyptiens étaient assommants, comme clients. Trop classiques. Les plus délicieux, c'étaient les Grecs. État-major complètement noyauté, à l'époque. On leur fait une démonstration de roquette antichar, avec destruction du char, succès complet, et le général, au lieu d'acheter la roquette, a commandé le char. Mais nous n'irons pas en Grèce : je m'étais fâchée avec Paul, un soir d'ouzo sur le Pirée. Souvenir inutile.

A Port-Saïd, la route finissait dans un couloir de boutiques, papyrus accrochés au vent, qui menait à l'embarcadère. Un paquebot fumait dans le jour tombant sous les grincements de grues. Le jardinier alla s'occuper des formalités, comme d'habitude, tandis que Clémence et Jeanne s'achetaient des sweat-shirts pour la mer. A la nuit, six cars vinrent boucher l'avenue du port, déchargeant une cargaison de passagers renfrognés. Clémence et Jeanne empruntèrent à leur suite un ponton articulé qui serpentait, sous les accents cahotants d'une fanfare, entre des barques où les vendeurs égyptiens baissaient le prix de leurs papyrus, à mesure qu'on approchait de l'échelle de coupée. La silhouette des palmiers dans l'alignement de l'avenue, les cuivres endiablés de la fanfare et les simagrées chaloupées des marchands, dans la lueur des flambeaux rouges, étaient déjà du passé, pour Jeanne. En cet instant, elle ne pensait qu'au lit 354, chez les ursulines, qui depuis quatre nuits était vide, et rejoignait la maison de garde-barrière dans cette impression de gâchis apprivoisé qui lui tenait lieu de souvenirs. Il en serait de même pour ce bateau, sur lequel elle mettait le pied. Elle ne savait que retenir les choses et accepter de les perdre. Il n'était pas vraiment utile de vivre, dans ces conditions, mais pas vraiment dangereux non plus.

En haut de la passerelle, sous les guirlandes de lumignons, le commandant italien accueillait les passagers en demandant : « Belle excourzione ? » On lui répondait par des ronchonnements sur le retard des cars. Il s'agissait de la croisière Vermeil organisée par le magazine *Votre retraite*. Queen Mary avait récupéré la cabine d'un lecteur décédé à l'escale précédente.

Le paquebot appareilla après le tournoi de scrabble, où s'était élevée une controverse à propos de l'arbitre. Dans la salle à manger, l'atmosphère était houleuse. Clémence et Queen Mary s'assirent entre un petit vieux furieux qui compulsait son dictionnaire et la voyante de bord, signalée par un badge. Avant de manger, la dame fit tourner son pendule au-dessus de son potage, donnant le mal de mer à Queen Mary qui vomit prestement à la lettre B, dans le dictionnaire du vieux, et qu'on ne revit plus jusqu'à Éphèse.

— C'est froid, dit la voyante au bout d'un moment, en

reposant son pendule, et le serveur reprit son assiette pleine.

Très amusée, Clémence se mit à poser une foule de questions béotiennes qui éveillèrent la méfiance de son interlocutrice, encore sous le coup d'un redressement fiscal.

— Et les tables, à bord, comment les faites-vous tourner ? Au dessert, on les déboulonne ?

— Ça ne se fait plus, les tables.

— Ah bon ?

— Moi, je paie une double patente. Je travaille sur ordinateur.

— Quelle horreur ! Mon fils aussi, mais lui encore, il programme des choses qui existent.

— Vous ne croyez pas aux esprits ? laissa échapper la voyante, choquée.

— Si, mais je ne fais pas attention. Ils sont libres.

Jeanne n'avait pas voulu dîner. Elle était sortie sur le pont, respirer la nuit, s'emplir les yeux des vagues tôlées sous la lune, se persuader qu'elle était en mer, sur un paquebot, pour la première fois de sa vie. Ses tentatives n'accrochaient pas. La réalité, éventée par la magie que diffusait Clémence, ne lui procurait plus d'émotion, sinon une impatience lourde. Elle avait peur de s'arrêter, de retomber, de penser que la folie de cette fugue à trois ne serait qu'un feu de paille qui n'allumerait rien. Clémence ne pouvait la maintenir éternellement en état de rêve. Elle ne le tolérerait pas, d'abord. En choisissant la réclusion chez les nonnes, elle avait déjà nié sa marraine, une fois. Elle sentait très bien que tout ce qu'elle lui devait ne lui survivrait pas. Un jour, il faudrait bien se prendre en main. Cesser de jouer, alternativement, les hirondelles et les autruches. Jeanne ne savait pas du tout ce qu'elle voulait faire de sa vie. Elle sentait qu'elle serait belle, dans quelques mois ; déjà les hommes commençaient à la regarder. Elle ne le voulait pas. Elle voulait être invisible et plaire, une fois qu'elle l'aurait choisi, à un amant transparent qui ne lui rappellerait rien. Elle ne se marierait jamais, n'aurait pas d'enfants, ne fonderait rien, garderait tout. En fait, elle n'avait rien à faire sur terre. Ça durerait ce que ça durerait.

La piscine du pont arrière, vidée pour la nuit, était recouverte d'un filet, sous les guirlandes de veilleuses rouges et bleues. Les rideaux de plastique, aux hublots des cloisons coupe-vent, se balançaient, réguliers, dans le bruit sourd des machines, les coussins des chaises longues étaient pliés en trois. C'était un théâtre vide, en sommeil, en relâche, une impression d'éternité morte. Jeanne chercha dans son ventre une envie de sauter par-dessus bord, de tout arrêter avec panache, gratuité, insolence. Ça ne lui disait rien. Elle ne tenait pas assez à la vie, pour provoquer la mort.

— J'ai essayé, moi aussi, dit Clémence qui était venue derrière elle, et s'accouda à la rambarde en acajou rongé de sel.

Elle avait lu dans les pensées de Jeanne, ou plutôt dans son attitude, sa fixité, sa façon de respirer soudain, profondément, comme un abandon de jeu. Sa voix était claire, son écharpe de soie jaune s'était envolée vers les ponts inférieurs.

— J'ai voulu me tuer pendant que Paul dormait, là où tu es, à l'arrière, une nuit comme celle-ci. J'étais tellement heureuse. J'ai eu envie de la mort comme d'une cigarette après l'amour. Fixer le moment, ne jamais retomber... Oh ! deux secondes. Mais ça marque. C'était très doux. Tu es heureuse, toi aussi ?

— Bien sûr, dit Jeanne, et sa voix était convaincante.

— C'est tout ce qui importe, pour moi. Je suis terriblement égoïste en voulant te faire plaisir. Tu as une insouciance de vieille dame, comme moi, c'est délicieux : tu me rends si jeune. Ta joie est magique.

C'était tellement énorme que Jeanne soupçonna une vaste ironie, mêlée de pudeur et d'impuissance. Mais non : Clémence était sûrement sincère. Elle comprenait tout, mais de travers, et toujours en fonction d'elle-même. C'est pourquoi Jeanne, lorsqu'elle la rejoignait, se sentait si bien devinée par sa marraine. Cet aveuglement lucide de Clémence à tout ce qui n'était pas son propre rayonnement était une protection merveilleuse, pour Jeanne ; la liberté d'aller au bout du désespoir, sans conséquence, en cachette. Elle couvrit les doigts longs de sa marraine sur la rambarde, les serra.

— Tu as été le seul vrai cadeau de ma vie, dit-elle, un peu solennelle, pour s'en persuader.

— C'est vrai, admit Clémence.

Et elles regagnèrent leur cabine, bras dessus, bras dessous, dans une légèreté mutuelle qui n'était plus vraiment feinte.

*

Le lendemain matin, dans les escaliers et les coursives, des sacs en papier étaient coincés tous les deux mètres, derrière les rampes.

— La mer va être mauvaise, prédit Clémence à la voyante de bord, qu'elle croisa entre deux étages, avec son pendule.

Sur le *ponte Lido*, la marquise trouva Jeanne en train de gesticuler en musique au milieu d'un cours de vieilles aérobiques qui fusillaient son corps du regard, et craquaient leurs os dans des grimaces raffermissantes, sous la direction d'une monitrice à couettes blanches qui fouettaient l'air. Clémence continua son chemin jusqu'à un long hublot masqué de l'intérieur et se cambra dans son reflet. Elle avait toujours pesé quarante-trois kilos, était plutôt moins ridée qu'à vingt ans parce qu'elle prenait moins le soleil, ses seins tenaient la distance et ses fesses restaient fines. C'était bien beau de se garder pour un mort, encore fallait-il demeurer acceptable. Comme elle ne faisait rien pour entretenir sa silhouette ni sa peau, elle ne se sentait pas ridicule et tout allait bien.

Les haut-parleurs crachaient des annonces touristiques entrecoupées d'invitations à se rendre à six colloques en même temps. Les passagers couraient d'un pont à l'autre, excédés, le nez dans leur programme qui ne correspondait pas. Le vent était frais, la mer en crêtes, les nuages mousseux. Un médecin retraité se promenait de groupe en groupe, proposant des sortes de rustines qu'il collait derrière les oreilles, pour empêcher le mal de mer. Clémence s'informa de la nature du traitement, tout en retroussant son lobe.

— C'est révolutionnaire. Une onde diffuse dans l'oreille interne et compense les variations d'équilibre. J'en ai six caisses. N'oubliez pas de l'enlever aux escales, sinon vous risquez de vous fiche par terre.

Clémence acquiesça et, six heures plus tard, dégringola dans le théâtre d'Éphèse. Elle continua l'excursion, cheville bandée par son foulard, dans les bras de Queen Mary. Tandis que les passagers photographiaient les gradins, leur conjoint et les collines en pestant contre la lumière, Clémence montra à Jeanne la seule chose intéressante à ses yeux : une dalle anodine, gravée au bord d'une voie pavée, qui était en fait la plus vieille publicité du monde. Une femme aux cheveux bouclés y présentait ses tarifs, sous un cœur percé de pointes dont un coin restait vierge. Au bas de la pierre figurait un pied d'homme, indiquant la direction que devait emprunter le client pour se rendre au bordel, origine certaine, selon Clémence, de l'expression « prendre son pied ». Assis sur des pliants, des Turcs endormis fabriquaient des ruines en tapant sur des pierres avec un marteau pointu. Ils mâchaient lentement, au rythme de leur travail, et sous leurs coups passait le temps, naissait la patine, gagnait l'usure. Les groupes canalisés par les guides entouraient l'emplacement des anciens thermes.

— C'était payant, dit Clémence, mais les pauvres pouvaient tremper gratuitement dans les eaux usées qu'on évacuait, après le bain des riches. C'est ce que nous faisons, au fond. Le ruiné du soir qui va plonger dans ses eaux du matin. C'est stupide ; Paul n'aurait pas aimé, j'ai le bourdon, partons.

Jeanne adorait la vitesse avec laquelle Clémence, au détour d'une phrase, passait de la distraction anecdotique au désarroi sans masque. Étendue comme un traversin dans les bras de son jardinier, la tête molle, elle soupirait très haut.

— Comme j'étais légère, avec Paul... Étonnée, toujours. Je le connaissais par cœur, il me surprenait sans cesse, c'était si bon de l'oublier pour qu'il me revienne. Je n'ai rien gardé de lui, finalement : ni ses yeux ni son sourire. C'est pour cela que j'ai brûlé toutes ses photos : je ne voulais plus d'aide-mémoire. Je n'ai conservé que son poids sur moi quand nous faisions l'amour.

Queen Mary, la grimace crispée sous l'effort depuis vingt minutes, serra plus fort dans ses bras sa maîtresse d'un soir, tirant à lui l'évocation sensuelle qui l'écrasait de douceur. Clémence protesta par un battement de jambes, et le jardinier relâcha son étreinte. Sur l'esplanade barrée par les cars en tous sens, les retraités s'arrachaient d'une échoppe à l'autre, en s'engueulant, les faux tricots Lacoste vendus pour rien par vingt, spécialité turque. La chaleur tombait, les sueurs viraient dans la cohue nerveuse.

— Tu sais pourquoi je suis ta marraine, Jeanne ? Paul était si triste, quand il m'a annoncé que ta mère avait une chance sur deux d'attendre un enfant de lui. J'ai dû réagir. Il n'irait pas te reconnaître à la mairie, mais j'irais te baptiser à l'église ; c'était ma façon de lui dire que je lui pardonnais, que ce n'était pas grave. Il est mort rassuré.

Queen, arrête un taxi et allons à Celkuk, ça nous changera les idées.

Clémence voulait revoir ce qu'elle appelait, avec une jubilation rougissante, le musée des bites à pattes. Dans une construction récente de type scolaire à l'éclairage bleuté se succédaient des sculptures de phallus montés sur pied, symbole de la virilité qui féconde et s'en va faire la guerre. Jeanne se réfugia dans un patio, en fit le tour plusieurs fois, encore suffoquée du culot de Clémence, de la désinvolture avec laquelle elle l'avait niée : « Je suis ta marraine parce que ce n'était pas grave. » Le malaise s'épanouissait à l'ombre d'un pin planté de travers. Clémence ne l'avait pas choisie. Elle n'avait fait que réparer. Absoudre. Être admirable. Comme Madeleine. Ses deux marraines étaient des fées Carabosse qui l'avaient maudite. Elle l'imaginait d'ici, tiens, ce baptême. Un coin d'église entre deux trains. Les veuves en noir portant le bébé de la honte, se faisant la passe, devant la garde-barrière aux yeux baissés. Un peu d'huile, un peu d'eau, pas un mot. On avait rendu la baptisée à la fille-mère qui regardait sa montre, et chacun chez soi, pour respecter la morale, la mémoire des morts chic et l'horaire de la SNCF.

Jeanne les détestait tous en bloc, sa rage était mûre ; elle saurait la cacher, faire bonne figure, et suivre le chemin dérisoire de la vieille amoureuse qui boitait dans sa lune de miel rance. Une chaleur de vengeance la tenait au ventre et la rendait forte. Clémence n'était plus qu'un paravent, une façon colorée d'oublier le paysage, de ne plus vivre en arrière ni rien voir en avant.

Après Éphèse, ils eurent Istanbul : une fête de nuit dans

un palais au bord du Bosphore, des torchères fichées dans le gazon qui allumaient les robes longues, les seaux à champagne qu'on versait sur les dames en flammes, Clémence avec son pied bandé et son parapluie-canne, qui traversait la réception avec des sourires d'hôtesse, accueillie par un vieux prince amnésique, dont le palais vert pistache était maintenant un musée d'art moderne où il occupait une chambre de bonne, et qui promenait ses absences entre les sculptures en plastique et les mobiles à boulons, saluant chaque invité du ministère de la Culture avec une chaleur égale, dans le doute. Clémence avait passé un long séjour chez lui, tandis que Paul préparait en chris-craft, de la Corne d'Or à la mer Noire, un devis pour le minage éventuel du Bosphore. Elle s'était tellement morfondue qu'elle avait évacué le souvenir de ce prince ennuyeux dont l'amnésie, ce soir, était comme une délicatesse.

Jeanne errait dans un charme indifférent, vêtue du costume traditionnel en Lacoste imité, et goûtait aux alcools plantés de pailles et d'ombrelles, entre les pâtés de légumes, les épices en compote, les yaourts au caviar. L'humidité montait du gazon dans le parfum d'un feu de cyprès, du côté des brochettes. Les couples dansaient du Strauss sur la terrasse en marbre qui surplombait le Bosphore, salués par les sirènes et les cornes de brume des cargos soviétiques où séchait du linge. Tout cela était une carte postale adressée à personne. Le temps coulait, incertain, décalé ; Clémence s'enfonçait dans son passé volatil, Queen Mary la suivait, désœuvré, chien fidèle, et Jeanne leur servait d'alibi sur les traces de Paul de Freine, petit poucet fantôme qui laissait derrière lui des mines, des tanks, des dessous-de-table et des joies mortes.

Ils s'éclipsèrent dans une voiture officielle, allèrent sillonner le marché aux épices. Sous la longue galerie voûtée où alternaient la bougie et le néon, dans l'odeur de safran, de fromage aigre et d'urine, Clémence grignota quarante parfums de loukoums sans retrouver celui dont elle avait perdu le goût.

La nuit même, ils prirent l'avion pour Miami. Jeanne dormit contre Clémence, dans la cabine presque déserte, et la rejoignit le temps d'un vol, d'un rêve, d'un décalage horaire. Dans le sommeil, Clémence diffusait cette odeur de gingembre qui triomphait de tous les parfums. Son visage était si lisse, la peau si fine autour du nez, des yeux, qu'elle ne devait jamais avoir de cauchemar, de froncement des sourcils, de montée des pommettes pour chasser une image. A un moment, dans la secousse d'un trou d'air, un mot sortit des lèvres de la vieille dame :

— Fred.

Jeanne et le jardinier se regardèrent. Indécis, déroutés. Il se méprit sur l'expression de Jeanne, rougit, bredouilla que non, lui c'était Charles. Ils restèrent près d'un quart d'heure à fixer la marquise endormie, attendant que ce Fred inconnu lui remontât à la bouche — mais d'où ? La respiration de Clémence s'était refermée, régulière, apaisée, sur le secret du prénom. Jeanne voyait, à travers la figure blanche et douce ballottant sur l'épaule, la silhouette vaporeuse qui avait dansé d'un continent à l'autre avec son marchand d'armes, prince charmant de consolation, fabriqué de toutes pièces pour rattraper un rêve, un bonheur de bohème inventé au chaud par une fillette choyée. L'enfance de Clémence l'attendrissait, sans rancune, sans qu'elle cherchât de comparaison avec la sienne. Cette vie qui se refermait en douceur, dans l'insouciance, la fidélité distraite et les chagrins brefs, Jeanne y avait sa part, en était l'héritière, puisque Clémence, avant de mourir, était venue la tirer de sa prison raisonnable. Elle avait besoin de sa filleule, besoin de lui ouvrir ses portes, une dernière fois.

Jeanne allongea sa main sur le genou de Clémence, qui ne bougea pas. Elle avait envie de renoncer à ses tentatives de haine, d'indifférence, de survie. Elle n'y arrivait pas. Clémence n'aurait jamais dû aller la kidnapper, prendre ce risque, cette responsabilité, cette initiative. Désormais, elle mourrait seule. Elle était déjà une absence, pour Jeanne, une absence de plus, un chagrin d'avance.

En transit pour les Bahamas, à l'aéroport de Miami, tandis que la marquise était allée renouveler ses bagages, comme à chaque escale, Jeanne demanda à Queen Mary, avec qui elle buvait un café au comptoir :

— Mais pourquoi elle ne ramasse jamais sa monnaie ? On est si riches ?

Il répondit par un sourire bougon, satisfait.

— C'est à cause des feux rouges ? insista Jeanne.

— C'est ce qu'elle croit. Tu sais, toi et moi, on est un peu pareils. C'est ta marraine et c'est ma fée. Je m'arrange pour lui faire croire toujours qu'elle est magique. Je me débrouille, quoi. Faut que sa vie quotidienne, ça reste dans le miracle, et qu'elle ne voie pas les ficelles.

— C'est quoi, les ficelles ?

Il cligna de l'œil, son gros doigt barrant sa barbe rousse. Il était habillé en tennisman, aujourd'hui, Jeanne avait une culotte de cheval et des bottes : par suite d'une grève, seul le magasin de sport était ouvert dans l'aérogare.

— Mais parfois, se rengorgea le jardinier, en la poussant du coude sur son tabouret de bar, tu m'aides bien. Ta lettre, par exemple.

— Quelle lettre ?

— Ben, ta lettre. « Au secours, viens me chercher. » Comme quoi tu voulais partir avec Clémence, rire et tout.

Jeanne se redressa sur le tabouret, tout son corps crispé, deux boules de feu sous les yeux. Le gobelet de café éclata dans ses doigts.

— Aïe ! d'accord, c'était pas toi, soupira le jardinier en épongeant le comptoir avec son étui de raquette. Remarque, je te dirai : ça m'étonne qu'à moitié. C'était quand même pas ton genre, dans les idées où tu étais. C'est encore un coup du curé.

Clémence revint, pimpante, en combinaison blanche d'escrimeuse, tenant une canne à pêche dévissée en six tronçons, avec un moulinet gigantesque. Jeanne la vit à peine. Au moins, c'était clair. Le geste de Clémence n'était qu'une réponse. Un besoin d'être à la hauteur. Comme le choix d'être marraine, comme sa lutte avec Madeleine pour avoir Jeanne deux week-ends sur trois, comme la façon dont elle lui avait dit un jour la vérité sur sa naissance, pour que Paul soit le premier de ses pères.

Au lieu de la mépriser, de lui en vouloir, Jeanne se sentit délivrée. Elle n'avait rien à attendre de Clémence, en dehors de ses fantaisies, de ses joies distraites, de ses élans attendris pour elle-même. Jamais elle ne serait venue la sauver de son propre chef, de son propre cœur. C'était une manœuvre du curé, qui la connaissait bien, et l'avait envoyée comme émissaire pour ramener au village l'enfant prodigue, la fille du péché, le remords vivant utile au salut de la paroisse, au fonctionnement de l'harmonium, à la bonne marche du ciné-club. Au passage, commission de l'intermédiaire : Clémence emmenait la bâtarde dans un voyage de noces pour ressusciter sur son dos sa moitié de père, et puis retour à Chavignin, et tout recommence. Très bien. Ils s'étaient toujours servis de Jeanne ; ils en auraient pour leur argent.

Aux Bahamas, sur une plage farineuse avec cocotiers, lagon vert et tous les accessoires, ils vécurent huit jours dans une maison de bois bleu, délabrée, avec une véranda en miettes envahie par les bougainvilliers. Ils dormaient sur le sol, mangeaient accroupis, des tomates et des fruits. Clémence et Paul n'avaient plus d'argent, sur cette île, s'étaient cachés plus ou moins, Jeanne n'avait pas compris pourquoi, n'écoutait plus, se contentait de suivre le sillage de noces. Toute la journée passaient devant eux, parmi les hibiscus, des vendeurs de tee-shirts représentant Ursula Andress sortant des flots sur la plage en face, souvenir du tournage de *James Bond contre Dr No*. Jeanne refusait de se mettre en maillot, faisait des réussites sur le parquet, dans l'ombre des volets disjoints, entourée de moisissures. Clémence passait ses journées à prendre des douches en poussant des soupirs de bien-être. Le jardinier allait jouer aux boules avec des majors anglais, dans les rues de sable rose où passaient les voitures électriques des golfeurs. Ils s'ennuyaient. Ils ne parlaient pas.

Un matin, Clémence décréta que Jeanne devait pêcher son premier marlin bleu, comme elle, à Walker's Cay. Ils embarquèrent sur un yacht bariolé, sept cents chevaux, le capitaine jeta cinq lignes à la mer dès la sortie du lagon, assit Jeanne à l'arrière, sur un fauteuil de dentiste, la sangla, lui remit sa canne. Ils la promenèrent ainsi pendant quatre heures, sans qu'elle prît rien, sinon un coup de soleil. A la fin, Clémence dit « Et zut ! », fit hisser le pavillon « Marlin bleu » et on rentra au port, où l'armateur remit à la jeune fille, sous les applaudissements des Anglais, le diplôme qui laissait en blanc les poids et mesures de l'animal qu'elle n'avait pas pêché. Elle n'aurait qu'à remplir.

L'insolation lui donna 39°5, « comme moi à l'époque », se réjouit Clémence, et lui fit traverser dans un abrutissement complet les étapes suivantes. Clémence, de son côté, commençait à mélanger les fuseaux, les escales, les correspondances. Elle s'emmêla complètement dans le tour des îles Grenadines, commencé depuis Fort-de-France dans une espèce de coucou ferraillant aux hublots scotchés, dont on avait, à l'embarquement, pesé les passagers pour s'assurer que le décollage était envisageable. Cet avion d'opérette, omnibus de l'archipel, n'atterrissait pas : il se laissait tomber, derrière les montagnes, faisant plus confiance aux courants ascendants qu'aux possibilités de freinage au sol. Les gardiens d'aérodrome, en général, cultivaient le tour de la piste, et laissaient sournoisement leurs légumes gagner mois après mois sur la surface d'atterrissage. Le pilote jurait, en découvrant les nouvelles plantations, puis se retournait vers les passagers en écartant les bras, pour dégager sa responsabilité dans l'accident.

— Je me suis trompée, disait Clémence, le nez sur ses cartes. Nous étions allés à Union avant Saint-Vincent. Bon, on retourne.

De sauts de puce en volte-face, d'escales forcées en détours surprises, de trous de mémoire en pannes d'hélices, ils quadrillèrent les archipels, sans jamais retrouver l'île sans nom que la marquise cherchait, et qui avait sans doute disparu volcaniquement, à moins de se trouver, tout compte fait, dans les Philippines.

A Grenade, on craignait une invasion américaine. Ils faillirent être abattus à un contrôle routier parce que Clémence, pour abréger les formalités, avait prononcé le nom de son mari, fournisseur de l'armée cubaine, en s'emparant, à titre d'exemple, de la mitraillette d'un soldat. On les expulsa vers Paris, d'où ils s'envolèrent pour l'Inde, Clémence s'étant soudain écriée qu'avec leurs errances aux Grenadines, plus longues que prévu, ils risquaient de manquer la mousson. Ses craintes furent vaines.

L'aéroport international de Calcutta s'éteignit et se ralluma trois fois, sous leur Boeing secoué par les bourrasques. L'électricité ne marchait que deux heures par jour, à cause des 99 % d'humidité qui saturaient l'atmosphère, noyaient les fils, brouillaient les transmissions. Des Hindous ficelés dans des sacs poubelles déchargèrent l'avion, à pied sous les trombes, tandis que des voix beuglaient dans des entonnoirs, en trente-six langues, que la panne du groupe électrogène allait être brève : on écopait. Les hôtesses, comme des ouvreuses, guidaient avec une lampe de poche les passagers dans l'aérogare, vers les tapis roulants arrêtés où les porteurs réapparaissaient, derrière le rideau en caoutchouc, et faisaient le tour du tapis en proposant les bagages à leurs propriétaires, moyennant dollars.

De taxi en taxi, abandonnant les moteurs noyés pour sauter dans des véhicules encore en état de flotter, l'équipage de Clémence traversa la ville éteinte où les passants quasiment nus, de l'eau jusqu'aux genoux, disparaissaient parfois dans un tourbillon dû aux travaux du métro dans la terre meuble. Un automobiliste, émergeant de son toit ouvrant, se garait à la rame.

Le rez-de-chaussée et le dernier étage de l'hôtel Varana étant inondés, la réception et les suites royales étaient transférées dans les couloirs. On enjambait l'employé du change, un dormeur, le vendeur de cartes postales, un autre dormeur. Jeanne, étendue dans un hamac en jute qui, suspendu par l'un des bouts à la porte des toilettes, se détendait à chaque usager, passa une nuit normale, son insolation gommant les 50° sans ventilateur attisés par la chaleur des bougies.

Au matin, les pluies avaient cessé. Clémence, déjà en sari, les cheveux plaqués par un élastique, une tache noire au-dessus du nez, dessina au marqueur, sur le front de Jeanne, trois points de suspension.

— Et maintenant, dit-elle, allons mourir à Bénarès.

Bénarès, en amont du Gange, la plus sacrée des sept villes sacrées de l'Inde, portait un nouveau nom dont la marquise ne se souvenait plus, mais, comme elle l'affirma, il n'y avait qu'à suivre les moribonds, qu'on menait des quatre coins du pays jusqu'aux escaliers du fleuve pour les brûler, à toute heure du jour, si la météo le permettait. Les malchanceux qui, pendant la mousson, mouraient noyés sur leurs bûchers, étaient réincarnés en ânes. Clémence était restée un an à Bénarès, tandis que Paul, venu ravitailler la guerre avec le Pakistan, avait été enlevé par des Sikhs lors d'une attaque de train. Sans espoir de le revoir vivant, elle avait déserté leur manoir victorien où, naguère, au plus chaud de la mousson, elle valsait sur la glace de sa patinoire privée, qu'alimentait un générateur.

— Je me suis convertie à l'hindouisme et je suis allée attendre la mort sur la rive droite où, la tête au nord, d'après les textes, on est assuré de ne jamais se réincarner — bon pour une fois. Je priais Brahma. Comme pénitence, j'avais créé une maison de retraite pour vaches divines. Et puis, Paul est revenu, un jour, en barque : il avait eu des problèmes avec l'armée pakistanaise. On est restés ici, le temps que ça se tasse. Avec nos vaches divines, on faisait du corned-beef.

C'était l'aube, et la brume lilas s'évanouit soudain, pour ne laisser que du bleu, de la glaise et des flammes, dans l'enchevêtrement des maisons et des temples qui s'écroulaient sous les torrents de boue. Clémence voulut faire baigner sa filleule dans le Gange à la pollution sacrée, entretenue par les corps à demi rôtis, le plutonium 239, les déchets pétrochimiques et les égouts naturels. Elle affirmait que les germes du choléra, mis en culture avec de l'eau du Gange, disparaissaient mystérieusement. Jeanne et Queen Mary s'en félicitaient, mais firent valoir qu'à leur connaissance, ils n'avaient pas le choléra. Pour vaincre les réticences, la marquise loua trois chambres à air, moyen dc locomotion lent mais sûr, très prisé pendant la mousson, et ils descendirent le Gange en tournoyant mollement, sur leurs pneus de camions, dans l'odeur âcre et sucrée des bûchers parfumés aux fleurs.

— Je trouve que tu as déjà meilleure mine, décida Clémence alors que Jeanne achevait de vomir, après avoir été tamponnée par un cadavre fleuri. Ne fais pas attention, chérie : ils ne sont plus anglais depuis quarante ans, mais ils doublent toujours à droite. J'adore la mort, dans ce pays : on en sort vacciné à vie. J'y serais bien restée, mais Paul a fini par être interdit partout, sauf en Suisse.

Ils accostèrent devant une cabane sur pilotis, aux bambous semés de jasmins, où une sorte de yogi centenaire recouvert de cendres, un réveil à la main, un sifflet à la bouche, chronométrait la baignade d'une procession peinte. D'autres groupes de fidèles, aux peintures différentes, attendaient leur tour. Jeanne, qui avait crevé, s'empêtrait dans son pneu tandis que le Grand Maître baigneur lâchait son sifflet pour bénir la marquise, lui lavait la tête, les épaules et les pieds, à l'aide d'un seau sacré qu'il portait en bandoulière.

— Il m'a reconnue, pavoisait Clémence. Comme il a changé !

Puis le Grand Maître redevint impassible, tendit la main, examina les dollars de Queen Mary et lui assigna une place d'honneur dans la procession en panne qui attendait son coup de sifflet. Jeanne commençait à se demander si

Clémence n'inventait pas au fur et à mesure, pour elle, ce voyage de noces. Si Paul de Freine avait vraiment été marchand d'armes. Si les deux pistolets dans la Rover n'étaient pas simplement des pièces de collection. Si Clémence n'avait pas brûlé les photos du marquis, dans la crainte que Jeanne ne le trouvât banal, incolore, différent de l'escroc flamboyant qui était né de ses cendres. S'il avait déçu sa femme, il pouvait la reséduire comme père d'une bâtarde. Jeanne n'était peut-être qu'un porte-rêve.

Ils s'achetèrent une semaine d'hospitalité chez le Grand Maître baigneur, mangèrent des choses sacrées que les dieux abandonnaient dans ses filets, entre les pilotis : morceaux de poissons, d'ânes ou déchets de la tannerie en amont, pieusement bouillis dans l'eau du Gange. La cabane fut emportée par le fleuve trois jours plus tard, et ils quittèrent l'Inde pour la Nouvelle-Calédonie, ce qui n'était pas très loin mais demanda beaucoup de temps, les avions qu'ils prenaient se posant toujours après le départ de leurs correspondances. Ils dormirent dans les salles de transit, en Birmanie, en Chine, en Thaïlande.

Jeanne sentait venir la fin du voyage de noces. L'original avait duré deux ans ; la copie souvenir qu'ils en avaient tirée entrait dans sa troisième semaine. Il lui était égal de rentrer, puisqu'elle ne serait plus chez elle nulle part. Mais briser le rythme de ces trajets répétés, de ces étapes indifférentes, de cette traque sans gibier n'était pas encore une urgence. Elle se préparait, elle le savait, à la série de destructions qui suivrait son retour à Chavignin. Elle avait le temps. De se laisser aller, comme dans la bouée tournant sur le Gange, de se regarder fondre dans les plans de vol et les attentes au sol, les heures vides et les sommeils en commun dans les halls.

A Nouméa, l'aérogare était envahie de réfugiés, à cause des Nouvelles-Hébrides qui avaient proclamé leur indépendance la veille. Avisant la file d'attente au contrôle de police, Clémence préféra faire demi-tour et monter dans le Nouméa-Paris d'UTA, dont l'embarquement venait de commencer. Elle était ravie, disait :

— C'est un signe.

Le Jumbo décolla à 10 h 10. Le steward prévint les passagers que la liste des escales, sur le menu de midi, était donnée à l'heure de Nouméa. Ils auraient au moins emporté quelque chose, pensa Jeanne.

— La Nouvelle-Calédonie, tu ne m'en parles pas ?

Clémence contemplait son champagne éventé dans une flûte rose. Elle lui répondit sans se retourner, avec un sourire absent :

— Non. C'est à Nouméa que Paul a décidé de me faire un enfant. Ça ne te regarde pas. Mais je voulais t'offrir le retour jusqu'à Paris, qui est la plus longue ligne du monde et mon dernier souvenir.

Elle refusa le plateau que lui tendait l'hôtesse, conserva son verre pour regarder les ultimes bulles monter au soleil contre son hublot.

— Lorsqu'il m'a annoncé que ta mère était enceinte, je l'ai remmené à Nouméa pour lui montrer que, d'avance, je t'acceptais. C'était Noël. Nous avons beaucoup parlé de toi. Il pensait que tu serais un garçon. Il est mort avant d'avoir eu tort. Nous sommes rentrés le 31 décembre, dans un avion plein de plongeurs, qui construisaient une plate-forme pétrolière au large de l'Australie. Ils étaient pressurisés depuis un mois, tu imagines l'ambiance.

Clémence sourit aux plongeurs, dont le souvenir venait prendre la place des voyageurs mornes qui, autour d'eux, mangeaient en lisant ou dormaient sous l'étiquette « Je dors » que le steward avait accrochée à leur dossier. Les plongeurs, dès le décollage, s'étaient mis à faire la chenille dans les allées en chantant *Ce soir, moi j'irai danser, sans chemise et sans pantalon*. Les hôtesses, qui tentaient de les faire asseoir, s'étaient retrouvées happées dans la farandole, mains aux fesses. « On va chavirer ! » s'époumonait une Calédonienne.

Comme l'avion remontait les fuseaux, les passagers eurent à la file cinq réveillons du jour de l'an. A chaque escale, un équipage frais embarquait avec des nœuds papillons à piles, clignotants, des mirlitons, des confettis et du champagne, réveillait les fêtards exténués :

— Il est minuit !

— Encore ! gémissaient les gens.

— Bonne année !

On s'embrassait : une poignée de confettis dans la bouche, un coup de champ' pour faire passer, et hop ! meilleurs vœux d'UTA. Clémence et Paul avaient déboulonné trois rangées de fauteuils pour faire une piste de danse, au-dessus de l'Indonésie. Djakarta, Singapour, Bahrein... Vingt-sept heures de réveillon ininterrompu.

*

Ils se posèrent à Paris à neuf heures du matin. Tout le monde avait quitté l'avion ; ils étaient encore attachés sur leurs sièges.

— C'est fini, dit Clémence.

— Vous n'êtes pas allés plus loin ? insista Jeanne, avec un poids d'angoisse qu'elle n'avait pas prévu.

— C'est déjà beau : j'ai toujours détesté les voyages.

— Pourquoi tu m'as emmenée, alors ?

— Parce que je connaissais. Ce qui est ennuyeux, c'est l'exotique. Le neuf. Ma lune de miel, je peux la refaire à l'infini.

— Eh bien allons-y, dit Jeanne.

Ils prirent un vol pour Alger et, marchant dans leurs traces, refirent trois fois le tour du monde de Clémence.

IV

Et puis ils rentrèrent, un jour, sur un coup de tête, un défi à ce qui pouvait les attendre, une envie de vérifier s'ils étaient vraiment hors d'atteinte. L'année scolaire était finie : pour Clémence, Jeanne ne risquait plus rien, leur fugue de noces n'était qu'une façon de passer le temps ; elles avaient atteint le point de non-retour et pouvaient revenir sans crainte.

Les bagages posés, elles allèrent dire bonjour à Madeleine, croisant dans l'allée du château les touristes à vélo qui revenaient de la visite guidée en regrettant leurs douze francs. Clémence voulait montrer à son homologue la bonne mine de leur filleule. Madeleine était affalée dans un fauteuil crapaud, le pantalon déboutonné, une pèlerine sur les épaules, dans son petit salon clos au rez-de-chaussée, en train de faire des comptes sur une calculatrice, près d'une cuvette en plastique vert où gouttait le plafond. Elle se leva à leur entrée et vint gifler Clémence. Surprise, la marquise lui décocha en réflexe un revers, avec le bouquet de roses de son jardin qu'elle lui apportait dans un journal. Madeleine monta la main à sa tempe, où deux estafilades passaient du blanc au rouge, lui arracha le journal pour faire tomber les roses et l'ouvrit en page trois.

— Regardez ! lança-t-elle en lui poussant au visage *le Dauphiné libéré*.

La photo de Jeanne s'étalait dans un cadre noir, surmonté d'un avis de recherche, avec une récompense de cent mille francs.

— Depuis six semaines ! trépigna Madeleine. Tous les jours, elle passe ! Vous vous rendez compte, combien ça m'a coûté ?

— Rassurez-vous, s'empressa Clémence avec une indulgence enjouée, je ne suis pas venue vous réclamer la récompense.

Madeleine faillit l'étrangler :

— Vous n'allez pas me faire croire que vous étiez partie à sa recherche ? C'est vous qui l'avez enlevée !

— Chacun son rôle. Je trouve les solutions, et vous offrez des primes, sourit Clémence. Vous devriez vous désinfecter : ce sont des « Cuisses de nymphe » de 1850, très rares, je ne sais pas du tout avec quels pesticides Queen Mary les traite. Vous avez vu la finesse des corolles ? Tiens, on vous a écrit des cartes postales, enchaîna-t-elle comme une bonne surprise qui lui revenait en mémoire.

Elle sortit du panier de paille qu'elle portait en bandoulière une liasse de chameaux, de cocotiers, de yogis fleuris et de soleils couchants, qu'elle lui tendit en précisant que les postes étaient si lentes, dans ces pays, qu'il était plus rapide de rapporter son courrier. Entre les mains de Madeleine tremblait le verso des cartes postales : « Un bonjour de Louxor », « Un bonjour des Grenadines », « Un bonjour du Gange », signé « Jeanne et sa marraine » de la main de Clémence.

— Lola ! appela Madeleine dans un cri rauque.

L'ancien modèle animalier surgit en courant par la porte qui desservait la galerie des portraits, une bombe anesthésiante au poing. Son cortège de touristes en shorts et jupettes, mains dans le dos, la suivait, croyant que la visite se continuait dans les appartements privés.

— Vire-la ! hurla Madeleine en désignant Clémence d'un doigt tremblant. Dehors, qu'elle s'en aille, qu'elle s'en aille !

Lola gonfla ses seins de catcheuse, écarta les bras et s'avança, chaloupant, sa grosse tête en poire s'enfonçant dans ses épaules. Clémence ramassa une rose étêtée, se mit en garde.

— Attention, lança-t-elle au hasard, c'est du parasystémox. Une piqûre d'épine et vous avez le tétanos.

Lola répondit par une giclée de mousse verte qui tomba en tas mou à dix centimètres de son pied.

— Je suppose qu'il faut l'agiter, fit observer Clémence.

Lola jeta l'aérosol et vint saisir à bras-le-corps la taille fluette de la marquise. Soulevée du sol, battant des escarpins, Clémence se tourna vers Jeanne qui s'était assise dans un coin pour feuilleter un magazine, fatiguée par cette scène.

— On n'entend pas ! se plaignit une dame, dans le fond.

Le groupe touristique avait fait cercle, présumant sans doute que la visite du château comprenait un spectacle vivant. Avec ces Français, il fallait s'attendre à tout, disait un homme surmonté d'un bob.

— Je vous préviens, émit Clémence d'une voix comprimée, j'ai des chaussures pointues et je vais taper.

D'abord timides, quelques voix s'élevèrent, pour faire monter l'ardeur chez les combattantes. Après avoir compté jusqu'à trois, Clémence décocha une salve de coups de pieds dans les tibias de Lola, sans effet apparent. La marquise, toujours maintenue à trente centimètres du sol, rejeta le corps en arrière, tête inclinée pour voir si quelque chose protégeait les jambes de son adversaire.

— Bon, ben je vous laisse, déclara Jeanne d'une voix indifférente.

Et elle quitta la pièce, laissant choir le magazine. Les pugilistes l'avaient suivie des yeux, figées. A leur immobilité répondit le crépitement de plusieurs flashes.

— En quelle époque ça se passe ? demanda quelqu'un.

Madeleine sortit dans un grognement, sur les traces de Jeanne.

— Vous tenez combien, en général ? s'informa Clémence.

La cuisinière-guide se retourna vers elle, sembla étonnée de la trouver au bout de ses bras, la reposa doucement.

— Il faudra que vous veniez faire ça à la maison, un soir, lui dit la marquise en rajustant la bretelle de son panier de paille, c'est tout à fait épatant. J'inviterai des amis.

Écartant doucement les spectateurs avec des « pardon, pardon » légers, elle quitta le salon.

— On les suit ? interrogea l'homme au bob.

Sur la terrasse en gravier, Madeleine se tenait appuyée, dos voûté, à la margelle surplombant les douves. Clémence s'approcha.

— Où est-elle ?

— Nous l'avons perdue, répondit Madeleine, sans la regarder, le menton dans son collier. Vous le savez bien.

La marquise de Freine s'absorba elle aussi dans le cloaque vert qui moussait au bas des pierres.

— Vous êtes trop concrète, dit-elle.

— Elle a connu des garçons... là-bas ?

— De ce côté-là, c'est la steppe. Elle tient peut-être de vous.

La bouche close, Madeleine eut un rire bref, trois saccades qui résonnèrent dans son nez, dérisoires.

— Ne dites pas de conneries. J'ai toujours su qu'elle était de votre mari.

— C'est gentil. Mais Paul me faisait l'amour tous les soirs, et comme la garde-barrière venait à minuit, je ne pense pas qu'il ait eu le temps de refaire sa liqueur. Cela tiendrait du miracle.

Madeleine se retourna d'une pièce :

— Mais Corentin avait un spermogramme quasiment plat !

— Croyez-moi, si Paul a culbuté cette malheureuse, c'est que je m'endors tous les soirs à dix heures et que la nuit l'angoissait. Et pas du tout parce qu'il était en manque, Dieu du Ciel ! comme le vôtre.

— Clémence ! Il était stérile !

— Mais Paul aussi, Paul aussi...

— Ne vous foutez pas de moi : vous avez eu un fils !

— Mais dans quel état, soupira la marquise, et à quel prix. Si nous avions su... Enfin, chacun sa croix. J'ai toujours pensé que si Guillaume était un vase de nuit, c'était parce que nous l'avions conçu en laboratoire.

Madeleine lui accrocha violemment la manche.

— Mais vous ne m'avez jamais parlé de ça !

— Vous non plus.

Clémence eut un rire en cascade et lui passa la main sur la tempe, où l'estafilade avait déjà fait croûte.

— Allons, Madeleine, nous nous la sommes tant disputée ; nous n'allons pas faire le contraire...

— Mais alors... elle est peut-être d'un troisième ?

— Probablement. N'accusons pas le curé, il n'était pas encore là. Et puis cela ne change rien à nos sentiments pour Jeanne.

Madeleine crispa les poings sur la margelle.

— J'ai eu peur. Quand elle a disparu. Vraiment.

— Je suis navrée.

— Je n'y aurais jamais cru. J'aime cette fille, Clémence.

— Pas... trop, j'espère ?

— Ne soyez pas ridicule. Je lui ai légué le château.

— Moi aussi. Elle va s'amuser, avec les droits de succession. Vous feriez mieux de renoncer. D'abord, le vôtre est hideux, beaucoup trop lourd d'entretien et il rend neurasthénique, je le sais : j'y suis née. Ce n'est pas pour rien qu'on vous l'a vendu. Et pas besoin de dépenser trois millions par mois pour avoir des touristes en short qui traversent le salon. On n'a qu'à aller à l'hôtel.

— Elle aime ce château, je le sais.

— Elle n'aime plus rien, ma pauvre. Moi, je lui fais un

cadeau : rien ne l'empêchera de raser mon bazar et d'en faire quarante pavillons sociaux, lucratifs. Le vôtre, non seulement on ne peut rien toucher parce qu'il est classé, mais on ne sait jamais par où il s'écroule. A notre âge, ça nous fait du suspense, mais elle...

Les deux marraines se dévisagèrent, soutinrent leur regard. Madeleine dit :

— Vous êtes tout ce que j'ai toujours détesté. Vous n'avez pas de cœur, vous n'avez que la tête en l'air, des sentiments qui vous échappent, et on s'attendrit. Vous ne savez pas ce que c'est de souffrir, de vouloir donner, de sentir qu'on gâche tout par maladresse, vous n'avez jamais regardé personne : le monde, pour vous, c'est une plantation de feux rouges qui vous fait vivre, et c'est tout. Je vous plains encore plus que je vous méprise.

Clémence l'observa avec attention, un œil mi-clos.

— Vous ressemblez à Jolly Jumper, le cheval de Lucky Luke. C'est drôle, je n'avais jamais remarqué.

Madeleine pivota en crissant dans le gravier, d'un haussement d'épaules, jeta :

— Allez vous faire foutre !

Les touristes applaudirent, massés sur le perron. Elle fonça dans le tas sans s'arrêter, claqua la porte-fenêtre. La marquise fit un rapide salut au public, main sur le cœur, envoya un baiser et partit lentement dans l'allée, sous son canotier, le bras levé en arrière.

— C'est quand même autre chose que le Corneille qu'on a eu à Chenonceaux, dit l'homme au bob.

*

Jeanne était allée au presbytère. C'était jeudi, jour de relâche. Miko se rasait au coupe-chou devant un miroir étoilé.

— Alors ? demanda-t-il.

Il fixait l'image de Jeanne, partagée par une fissure de la glace. Une serviette pelucheuse bâillait sur sa poitrine maigre, couverte de poils blancs frisottants. Jeanne fut vaguement écœurée, presque rassurée de constater qu'elle n'éprouvait plus grand-chose pour Miko non plus.

— Alors rien, dit-elle.

— Ici non plus.

Il fit passer son rasoir dans la main gauche et attaqua sa joue droite. Le bruit de râpe sous le chuintement de la mousse avait quelque chose de têtu, de lancinant, qui raclait des fonds de souvenirs dont Jeanne ne voulait plus.

— C'est vous qui avez écrit à Clémence de venir m'enlever.

— Certes.

— Vous allez me foutre la paix, un jour ? Vous allez arrêter de jouer avec moi, tous les trois ?

C'était dit sur un ton sec, sans colère, sans appel, sans espoir. Le rasoir s'arrêta sur la joue.

— Que vas-tu faire, maintenant ?

— Rien. Mais seule.

La tablette du lavabo tinta quand Miko reposa son rasoir. Il essuya ses joues avec les ailes de la serviette, se retourna. Une lumière d'aquarium tombait de la fenêtre masquée par un chêne.

— Qu'est-ce qui s'est cassé, Jeanne ?

— Vous êtes vieux, dit-elle en lui rendant son regard, d'une voix neutre. Vous allez mourir, tous les trois, et je ne veux plus porter de morts. Je ne veux plus vous aimer. Je ne veux plus vous ressembler. Le cinéma, l'harmonium, les châteaux, les voyages de noces... C'est fini. Je ne suis plus à vous. Je suis la fille d'une garde-barrière qu'on a violée. C'est tout. Je suis une bâtarde. Le reste, c'est des guirlandes et du vent. J'étais votre mauvaise conscience, votre bonne action, vous vous êtes rachetés sur mon dos, mais moi, j'ai jamais compté. Une égoïste, une desséchée et un aigri. Voilà ce que vous êtes, tous les trois. Eh ben, vous continuez, mais sans moi.

Avec un soupir, il jeta sa serviette dans la baignoire à sabot, enfila un peignoir en éponge qui s'effilochait et tomba sur un tabouret, les mains entre les genoux.

— J'ai besoin de toi, Jeanne. J'ai besoin que tu vives, que tu éclates, que tu les écrases tous.

— Je ne suis pas là pour vous remplacer.

— Si. Non, tu as raison, pardonne-moi, va-t'en, quitte le village, pendant que nous sommes encore présentables. Nous finirons en épaves, tes marraines et moi. Tu le sais. Tu n'y es pour rien, tu n'auras fait que hâter les choses, en nous donnant du bonheur.

— Des conneries, tout ça. Je ne vous ai rien donné, c'est vous qui avez pris. Vous ne m'avez laissé le temps de rien. Moi aussi, je vous laisserai seuls.

Miko tendit ses bras maigres, où ballottaient des souvenirs de muscles.

— Ne brise pas tout, je t'en supplie.

Elle secoua la tête, des larmes aux yeux, pour chasser la vision de ce dieu miniature qui sombrait.

— Mais arrêtez, Miko... Qu'est-ce que vous voulez ? Que je vous embrasse, que je vous dise où je vais, que je vous demande des adresses ? Vous savez très bien que je n'arriverai jamais à partir si je fais ça.

Il acquiesça, la bouche en rictus, essuya son menton qui était sec. Elle tourna les talons, entendit le fracas d'eau qui éclatait dans la baignoire, pour cacher le bruit de la porte qu'elle allait fermer. Alors elle revint, posa sa tête contre le dos secoué de frissons nerveux.

— Je vous aime comme vous êtes, murmura-t-elle. On ne me prendra plus rien.

Elle ressortit. Le vieux prêtre hocha la tête, enleva le peignoir où le front de Jeanne s'était posé, le tourna vers la fenêtre et le regarda à contre-jour, un moment, dans la lumière des feuilles.

*

Une moto doubla Jeanne, cent mètres avant la station Shell. C'était Guillaume de Freine qui arrivait de Paris pour passer l'été avec sa mère. Il n'avait pas de fille sur la selle, cette année, ou bien elle était tombée en route. Il n'y avait que la valise rouge de Mathélem, sa chatte siamoise, qui ne le quittait pas depuis trois ans. Guillaume... Jeanne n'avait jamais été jalouse de son demi-frère éventuel. Le pauvre. On le voyait aux vacances. Il avait le nom, mais, pour le reste, elle était l'enfant naturelle du marquis, et lui, d'année en année, de pensionnats prestigieux en stages d'équitation, il faisait de plus en plus artificiel.

Jeanne avait sept ans de moins que lui, mais il avait grandi à l'envers, perdant fièrement, dans les études et les boutons d'acné, son charme exotique d'enfant surdoué. Il avait régressé à toute allure pour entrer au pas dans l'adolescence, et devenir banal pour se sentir moins seul. Il restait des souvenirs.

Jeanne revit son élevage de poissons tropicaux, à douze ans, dans le bassin du parc. Sa production périssait à Noël, saisie dans la glace, alors il avait construit, à partir d'un moteur de presse-légumes, un système de thalasso avec turbine, pour assurer la circulation de l'eau et détendre ses poissons en leur rappelant leur milieu naturel. Affolés, les poissons s'étaient suicidés en sautant du bassin. Guillaume, pour lutter contre leur stress, avait recouvert la surface d'un grillage, électrifié à cause des pies qui sinon l'arrachaient. Les poissons sautant sur le gril, où ils restaient accrochés, avaient transformé le bassin en barbecue. Guillaume, au désespoir, s'était alors tourné vers l'élevage de grenouilles. Son système de renouvellement d'eau les avait hachées, et celles qui n'avaient pas fini, comme disait Clémence, en steaks têtards, avaient succombé aux vitamines en poudre qu'il leur administrait pour accélérer leur croissance.

Au début des vacances, avant son arrivée, Clémence et Jeanne allaient en ville, chez le pisciculteur, et repeuplaient le bassin de Guillaume pour lui faire croire que son cheptel avait survécu. Cette complicité sur son dos enchantait Jeanne et, par une délicatesse luxueuse, elle cachait son intimité avec Clémence lorsqu'il était là. Guillaume la félicitait pour la bonne santé de l'élevage, la baptisait son « assistante », et recommençait son carnage scientifique pour améliorer la race.

Et puis, un jour de juin, les Martiens avaient débarqué. C'étaient les neveux de Clémence, qu'on n'avait jamais vus parce que leur père enseignait à la Guadeloupe. Ils étaient plus vieux que Guillaume. C'étaient trois gros garçons lisses à la puberté en retard, cravatés, polis, sournois. Ils avaient goûté sous l'orme. Ils essuyaient leurs moustaches de chocolat avec des tapotements de mouchoir. Ils avaient dit à Jeanne : « Bonjour, mademoiselle. » C'est ce jour-là que tout s'était cassé. Parce que Clémence, sa marraine-fée, était la même avec tous les autres. Jeanne s'était sentie, pour la première fois de sa vie, bâtarde ; non parce qu'elle était différente, mais parce qu'elle était confondue avec des enfants normaux, qui disaient papa à un homme bronzé qui passait en tenant une raquette, et appelaient Clémence « tante » pour, dans son dos, expliquer leurs projets d'héritage à Guillaume : ventes, lotissements, sociétés civiles immobilières...

Un gitan loué grattait la guitare, pathétique entre les nappes blanches, sous les ombres agitées par la brise du lac. Guillaume avait vu la colère monter dans les yeux de Jeanne, dans ses poings serrés qui avaient fait éclater une tasse en porcelaine. Il ne pouvait pas comprendre sa rage. Elle avait fait jurer le silence à Clémence : elle ne voulait partager Paul avec personne. Mais Guillaume, délaissé par sa mère, avait besoin que la fille du passage à niveau fût sa petite sœur des vacances, son acolyte, sa supportrice. Il s'était levé, avait empoigné deux de ses cousins, Jeanne le troisième, et ils les avaient flanqués dans le bassin des steaks têtards.

Ensuite, Guillaume avait passé son bac, trois ans d'avance, mention très bien, intégré hypotaupe et taupe, préparé Centrale. Son menton s'était allongé, son front dégarni, ses joues remplies, il lisait *le Monde*. Clémence l'embrassait avec enthousiasme le premier jour et s'ennuyait dès le lendemain. Elle lui avait offert un bébé chat, comme sujet de conversation. Depuis ses dix-huit ans, il amenait une fille, l'été. C'était encore mieux. A peine arrivée, elle succombait à la séduction distraite de Clémence, à ses extravagances paisibles; Guillaume était relégué à ses bricolages au garage tandis que sa mère et son flirt allaient faire la fête, et l'été suivant c'était une autre fille. En fait, il les présentait à Clémence lorsqu'elles commençaient à parler mariage, et se débarrassait d'elles en devenant incolore, par comparaison avec sa mère. Les études avant tout. Clémence se complaisait, mutine, dans ce rôle de repoussoir de charme que lui attribuait son fils, mais Jeanne aurait bien voulu voir Guillaume se caser, vite, et fonder sa famille à lui, pour ne plus l'avoir dans les pattes. Enfin, c'est ce qu'elle se disait encore, aux dernières vacances.

Elle ralentit quand Guillaume, cent mètres plus loin, descendit de moto et sonna au portail de bois. On lui ouvrit. Il ôta son casque. Ses cheveux étaient plus longs que l'an dernier, moins blonds, le soleil poudrait l'image, patinait son corps de cuir bleu. Un camion passa, cachant la vision; le portail se referma dans la fumée d'échappement. Jeanne s'arrêta, appuya le front contre un poteau, respira lentement. L'odeur de goudron qui montait dans la chaleur scella sa décision. Guillaume n'était pas son frère. Il ne l'avait jamais été. Elle le prouverait, elle tenterait Dieu, elle tirerait le trait, et elle partirait ensuite. Le sourire ferma ses yeux. Elle avait quinze ans, les plus beaux seins du village, c'était l'été, ils allaient voir.

Elle passa quatre jours à la plage, dormant sur le sable, en lisière des roseaux, les pieds léchés par les soupirs du lac. L'odeur de vase, à l'aube, la réveillait dans un bonheur doux, elle allait nager pour attendre l'ouverture du snack, l'arrivée des baigneurs et des planches à voile. Les gentils lui payaient un café, les timides un paquet de chips à dix heures, les dragueurs le déjeuner, ignorant qu'ils n'étaient que des brouillons pour son charme. Le moniteur de planche à voile, en partant, à six heures, sortait de sa glacière ses restes de midi et les lui laissait, manière de partager quand même son dîner, puisqu'elle déclinait l'invitation. Il était beau, délicat, drôle, léger, avec une incertitude dans son œil bleu, comme pour excuser son corps d'athlète. Il n'était pas pour elle.

*

Quand ses seins eurent bronzé au regard de tous les baigneurs, qu'elle trouva son corps assez lourd de soleil et le monde allégé par sa tête engourdie, Jeanne alla s'acheter des chaussures, au port, une mini-jupe noire, une chemise kaki de pacifiste à galons, la noua sur son nombril et remonta au village. Tout le monde se retournait sur elle. Elle le savait. Ses talons l'enlevaient aux regards ; plus les talons sont hauts, plus la vie est légère, les matins d'été, quand la chaleur descend et qu'on a un but.

Elle poussa le portail du château rose qui trembla en frottant ses montants. Guillaume sortait du garage, en salopette bleue, essuyant ses mains à un chiffon. Il s'arrêta, saisi, dans le soleil. Ses joues avaient un peu fondu, ou peut-être étaient-ce ses cheveux plus longs qui leur donnaient de l'ombre. Mais il avait toujours cet aspect terriblement sain, rayonnant d'équilibre, ce côté Corn Flakes qu'on voit aux étudiants américains, les bras toujours un peu écartés sous l'habitude de remporter des coupes.

— Jeanne, ça par exemple !

Mais c'est dingue ce que tu as changé depuis l'an dernier, continua Jeanne dans sa tête. Encore un an, et il lui dirait : Tu es une femme, maintenant. Dans deux ans, il aurait terminé ses études, intégré IBM, serait marié et ne lui dirait plus rien. De toute façon, elle ne serait plus là.

— Mais c'est dingue ce que tu as changé depuis la dernière fois !

— L'an dernier, corrigea-t-elle.

Il pencha la tête de côté pour la regarder, avec un sourire douloureux, comme s'il tenait la barre dans une tempête.

— Oui, c'était l'an dernier, tu as raison. C'est dément. Tu es une femme, maintenant.

— Attends l'an prochain.

Le sourire de Guillaume tomba, désarçonné. Elle s'approcha, l'embrassa sur la joue, près de l'oreille, lui touchant l'intérieur du bras avec la pointe du sein. Sa pomme d'Adam monta, redescendit. Elle était sûre de ne pas s'ennuyer avec quelqu'un d'aussi prévisible. Un élan de tendresse, au-delà de sa décision, de ses calculs, lui fit prendre le bras de Guillaume et ils marchèrent le long de la maison.

— Tu es beau, dit-elle. Mais il me manque, le petit éleveur avec ses malheurs, la thalasso, les steaks têtards...

Guillaume eut une crispation. A vingt-deux ans, ce petit garçon défunt l'encombrait encore, détonnait dans ce qu'il appelait sans doute sa « personnalité », et, au contact d'un corps de femme, le rendait moins viril, croyait-il, quel con. Jeanne l'aurait griffé pour cette attitude ; elle le fit, d'ailleurs, plantant ses ongles sans s'en rendre compte, et une poussée de désir lui vint de la trace en creux sur l'avant-bras tendu.

— Que deviens-tu ? demanda-t-elle avec une douceur légère.

— Je n'ai plus que deux ans.

Elle étouffa son rire dans une expiration du nez, en saccades. C'était terrible de sentir le destin de quelqu'un prendre autour de lui comme un ciment, et lui, content, commentant la chose.

— Après, tu essaies IBM ?

— Oui, ou l'équivalent japonais. J'ai envie de voyager, de connaître d'autres techniques, d'autres modes de vie.

Elle s'arrêta, pivota dans l'herbe, posa les mains à plat sur ses épaules et mit les lèvres sur sa bouche, recula pour voir son regard. Elle dit :

— On n'est plus des enfants, mais j'aurais aimé t'embrasser comme ça, quand on était petits.

Elle voyait dans ses yeux passer comme les chiffres d'une calculatrice qui s'emballe. Il voulait se composer une réaction, très vite, n'avoir l'air ni surpris, ni blasé, ni « en dessous », ni trop brusque. Naturel.

— Moi aussi, dit-il, très bien, en posant légèrement ses mains sur les hanches de Jeanne. C'est passé tellement vite. Tu es enfermée dans mon enfance, tu sais, tu es de tous les moments et, en même temps, tu es là. Tu as changé, tu es la même.

— Tu veux faire l'amour avec moi ?

C'était une roulette russe. Tout dépendait de sa réaction. Elle ne lui laissait qu'une seule chance.

— Le moment est venu, tu crois ?

Elle s'abandonna contre lui, la tempe sur son épaule. Qu'importait ce qui allait se passer, ce que signifiait son geste. Elle était amoureuse de lui, en cet instant, parce qu'il avait dit cela. S'il était son frère, ils se vengeraient de leur père, en le tuant pour de vrai. S'il était un corps ordinaire, elle voulait qu'il la blesse, pour lui enlever la tentation de l'aimer, pour qu'il soit l'assassin de quelque chose, et la prépare aux autres.

— Je veux que ce soit toi, Guillaume.

— Viens.

Il lui prit la main, l'entraîna vers le garage. Levant les yeux, Jeanne vit ce qu'elle attendait : Clémence, le front contre la vitre, le rideau serré dans ses doigts, qui les regardait, impuissante, consentante, désarmée. La vie est plus forte, marraine ; tu as perdu, mais tu savais que tu allais perdre, tu as réussi à me le faire oublier, parfois, pendant ton voyage de noces. Je t'ai aimée, tu sais, même pour ce que tu n'es pas, même pour les raisons que tu m'as données de te haïr, qui sont peut-être le plus beau cadeau que tu m'aies fait. Tu le savais, n'est-ce pas ? Ton insouciance était un jeu, pour me laisser gagner. Me donner la liberté de te détacher de moi. Ce n'est pas contre toi que je tiens la main de ton fils. Mais je te dis adieu quand même.

Ils entrèrent dans le garage à la fraîcheur un peu âcre, et Jeanne se figea. Le capot de la Rover était ouvert, comme une mâchoire de crocodile, un bidon d'huile sur le pare-chocs, un tournevis en équilibre au-dessus du phare, le tuyau d'arrosage serpentant dans une flaque au pied du radiateur. Une des portières était ouverte, à l'arrière, comme une aile blessée, le vert du cuir et l'entourage en acajou de la vitre offerts à la lumière, un journal étalé sous l'huile qui gouttait des gonds. La banquette était basculée sur la moquette pour dégager la batterie, que le fil d'un chargeur reliait à une boîte orange branchée sur le secteur.

— Ce n'est pas vrai, balbutia Jeanne dans un frisson de la voix.

— Regarde ! dit-il avec la joie oubliée de ses douze ans.

Il ramassa la manivelle, par terre, l'engagea dans l'œil chromé au-dessus du pare-chocs, donna un quart de tour, et le moteur s'ébroua dans un bourdonnement rauque de bateau à quai. Jeanne serra les poings, mordit ses lèvres, contracta son ventre de toutes ses forces pour ne pas pleurer.

— Tu entends, ce ralenti ? Je l'ai réglé au diapason,

comme le faisait papa. J'ai suivi un stage aux Études chez Renault, cet hiver. Mais la beauté de ce moteur, c'est dément, à côté des caisses qu'on fait aujourd'hui, qui n'ont d'âme que sur les épures. Tu sais que les Rover étaient en aluminium ?

Jeanne passa la main sur son visage. L'ironie commençait à la reprendre. C'était mieux comme ça, au fond ; c'était complet.

— Allez, on y va ? dit-elle.

Elle monta dans la voiture, s'assit à la place du mort, en se dispensant du commentaire qui ne servait à rien. Empressé, Guillaume débrancha le chargeur de batterie, comme on largue les amarres, referma la portière arrière, ôta la béquille qui maintenait le capot ouvert, et le lac derrière les ormes apparut sur le pare-brise, dans un claquement de mâchoires. Le frémissement métallique se prolongea dans les baguettes du radiateur, tandis que Guillaume grimpait au volant, après avoir installé derrière, dans la valise rouge, sa siamoise qu'il était allé chercher avec un sourire — témoin de mariage ou conversation de secours. Le trac lui donnait le charme d'un gagnant qui s'excuse.

L'odeur de cuir, en roulant, n'était pas la même que dans le garage ; c'était aussi la saison. La chaleur dégageait une dominante poivrée, plus animale, moins apaisante que la pointe de cannelle et de pomme qui flottait dans l'habitacle en hiver. Guillaume ignorait tout cela ; il conduisait, c'était tout, et c'était son rôle : on ne lui demandait rien d'autre. La suspension, très plongeante, les projetait l'un contre l'autre aux virages. Jeanne abaissa les deux accoudoirs, encastrés dans les dossiers, pour préserver la distance, le désir, l'inconnu. Les élans bougons du moteur, ses retombées soudaines au ralenti, les allongées patinantes de l'*overdrive* que Guillaume enclenchait, en bout de quatrième, par une tige à droite du volant, laissaient à Jeanne un fond de jalousie qui ne lui était pas désagréable. Elle se revoyait piloter l'auto sur cales, et son attirance pour cet étranger, qu'elle connaissait par cœur et qui l'imitait sans le savoir, trouvait sa vraie raison d'être.

Sans se concerter, ils avaient pris la direction de la montagne, traversé Super-Chavignin et ses pistes rouges devenues des champs de pâquerettes. Une perche oubliée battait au vent contre un pylône, les vaches broutaient au pied des tours en verre où se doraient des retraités. Un centre aéré en promenade, avec un moniteur à sifflet qui moulinait des bras pour apprendre aux enfants comment respirer, salua le passage de la vieille auto noire, avec applaudissements, waouh ! et bras d'honneur. Jeanne leur sourit, contente d'être pour eux une adulte. La route montait toujours, finissait sur un plateau d'où s'envolaient des deltaplanes. Guillaume alla arrêter la Rover contre un bosquet de sapins, après une manœuvre épuisante pour se mettre dans le sens de la pente.

— Je ne suis pas sûr que la batterie soit assez chargée, expliqua-t-il. Et il faut être dix pour pousser un char pareil. C'est pour ça que j'ai choisi la montagne, plutôt que le bord du lac.

Elle remonta les accoudoirs et vint percher son menton sur l'épaule de Guillaume.

— Quand tu fais l'amour, tu expliques aussi pourquoi tu touches le bout des seins à tel moment avec ta langue ?

— Non, pourquoi ?

— J'aime que tu sois comme ça, dit-elle en se glissant sous son bras.

Pivotant sur son siège, il s'abattit sur elle avec un grognement qui exprimait sans doute l'acuité insoutenable de son désir, lui emprisonna le sein droit et, avec une adresse stupéfiante, fit basculer le dossier de Jeanne qui se retrouva couchée sous lui, sans avoir vu le geste de sa main gauche sur la manette. Il avait répété, ce n'était pas possible.

— Dis donc, tu fais souvent l'amour dans les voitures ?

— Jamais ! se récria-t-il.

— Ce n'est pas un reproche. Mais je préfère qu'on aille dehors.

La poignée joua, sans qu'une nouvelle fois elle ait vu partir le geste ; il descendit, lui tint la portière, et alla prendre un plaid dans le coffre. Il était vraiment trop mignon. Elle eut soudain un scrupule violent, détestable, le retint, l'adossa à la Rover.

— Guillaume... J'aurais aimé que ton père soit aussi le mien.

— Tu es folle, sourit-il. Enfin, je veux dire : j'aurais aimé, moi aussi, mais... je préfère que ce soit comme ça. Que nous soyons... Enfin, que nous... C'est drôle, je ne trouve pas le futur pour finir ma phrase... Que nous soyons comme ça, quoi. C'est tellement plus simple.

Elle sourit. Il était délicieux. Il épouserait à vingt-quatre ans une fille de médecin qui s'appellerait Ségolène, qui ferait des régimes et du squash, inviterait à dîner des gens utiles pour sa carrière à IBM, lui donnerait deux enfants blonds, un garçon et une fille, et ils joueraient le dimanche au scrabble en regardant Jacques Martin avec le son coupé.

— A quoi penses-tu ? demanda-t-il.

— A toi.

Et il en fut heureux. Le pauvre. La fête sensuelle qu'elle lui promettait, avec une méconnaissance totale des moyens à sa disposition, d'ailleurs, était la moindre des choses, au regard de la vie de plouc urbain qui l'attendait.

— J'ai envie de toi, dit-elle en l'entraînant.

Pour lui faire plaisir, elle saisit au passage la mallette de la siamoise sur la banquette. Ils entrèrent sous les sapins, Guillaume fit un peu le ménage, avec son pied, repoussa trois cigarettes et un Schweppes en boîte, étendit son plaid sur le sol moussu croisé d'aiguilles. Quand il se redressa, Jeanne était nue. Le rouge aux pommettes, il s'escrima sur les bretelles de son bleu de mécano, coincées, tortillées, c'était bien le jour. Avec des ciseaux à ongles sortis de son sac, elle lui trancha les deux pattes au ras de la boucle. Le bleu trop grand tomba en accordéon. Elle se retrouva désemparée devant le caleçon rayé. Sa résolution butait sur des images d'enfance, qu'elle avait cru effacer sous le désir. Il l'écrasa contre lui et, le souffle haché, la parcourut de caresses obligées qu'il avait dû lire dans un manuel de sexe.

— Calme-toi, souffla-t-elle avec un petit coup de langue sous l'oreille, qui n'eut pas de conséquence.

Elle se mit à le masser du plat de la paume, en rond,

sous le nombril, au hasard. Chatouilleux, Guillaume se mordit les lèvres pour ne pas rire, tout en essayant de se dérober du bassin, ce que Jeanne prit pour un effet positif de la caresse qu'elle intensifia. Il lui éclata de rire au visage ; après deux secondes de flottement, elle pouffa à son tour et ils tombèrent enlacés sur le plaid en s'esclaffant. Le chat miaulait dans sa valise.

— Je n'ai jamais fait l'amour, avoua-t-elle, hilare.

— Mais moi non plus ! répliqua-t-il, véhément, presque soulagé de n'être pas seul dans cette situation pénible.

— Ah bon, dit-elle d'une petite voix.

Conscient d'avoir abattu un atout qui ne lui rapportait rien, au contraire, Guillaume fit machine arrière : enfin, il n'avait jamais connu l'orgasme absolu, voulait-il dire, mais avec elle ce serait différent, il le sentait, oh ! Jeanne...

Agacée, elle le repoussa. Elle trouvait soudain minable de jouer avec lui, de se servir de son corps alors qu'il ne le connaissait pas, de lui abîmer sa « première fois » parce qu'elle n'était pas là pour l'aimer. Qu'avait-elle attendu ? Un numéro de mâle, une étreinte experte et prétentieuse qui l'aurait cantonné dans son rôle d'instrument, sans qu'elle y prît gêne ? Mais il était trop tard pour se rhabiller, dire pardon, je me suis trompée, allons boire un verre.

Elle lui abaissa le caleçon aux genoux et le prit dans sa bouche. Elle avait replié les lèvres pour ne pas lui faire mal avec ses dents, et se sentait ridicule. Seules la peur excitante d'être surprise par des passants et la honte de s'avouer complètement son échec la retenaient au bord de l'indifférence. C'était surtout le côté mou qui gênait, et elle ne savait trop qu'en faire. Elle aspira. Surprise : elle le sentit gonfler. Nouvelle succion. Il grandit encore et elle dut reculer sa tête. Troisième aspiration. C'était comme une bouée, mais à l'envers. Elle eut un deuxième fou rire et décrocha, désolée, s'excusa. Mais ça l'avait mis en route et, poliment, il descendit à son tour pour improviser. Elle le retint, s'allongea en écartant ses jambes et le guida. Elle eut à peine mal, douta qu'il fût vraiment entré. Il mena sa petite gymnastique, dents serrées, mains crispées sur les poignets de Jeanne, le torse agité d'un mouvement plongeant de gauche à droite, les yeux balayant la forêt, et c'était un peu gênant pour Jeanne qui se sentait comme un guidon entre les mains d'un grimpeur.

Et puis, tout à coup, une vague monta en elle, douloureuse au début, puis presque apaisante, sirupeuse.

— Je vais venir ! Je vais venir ! Je vais venir ! rugissait le garçon.

— Eh ben viens, dit-elle, énervée par ces sommations qui aplatissaient la vague.

Elle tourna la tête de côté, pour fuir ce visage un peu grotesque, épouvanté au bord de jouir, comme s'il s'agissait de dévisser d'une paroi. Décidément, il lui ferait tous les sports. Elle ne lui en voulait pas : c'est elle au fond qui avait souhaité se prouver que, pas plus dans l'amour que dans les voyages, elle ne savait vivre au présent, accepter d'être surprise, attendre l'inconnu. Tout ce qu'elle gâchait, au moins, elle ne le devait à personne.

Elle posa l'oreille dans le moelleux d'une mousse, au-delà du plaid, et ce qu'elle vit la glaça. Elle empoigna Guillaume aux épaules pour arrêter son va-et-vient, croyant à une illusion d'optique. Mais non : la Rover, dont il avait dû mal serrer le frein, roulait lentement dans la pente. D'un bond, elle fut debout.

— Rattrape-la ! hurla-t-elle. Rattrape-la !

Empêtré dans les saccades de son plaisir, Guillaume ne sut que dire « hein, quoi ? ». Déjà elle l'avait fait lever et le poussait vers la route.

— La Rover ! Guillaume, vite !

Devant l'horreur qui déformait le visage de Jeanne, le gouffre dans sa voix, il se mit à courir, la main sur les couilles. La route descendait très doucement jusqu'au virage du téléski, et il crut qu'il aurait le temps. Mais la roue droite mordit le talus, enjamba deux cassis et l'auto prit de la vitesse. Allongeant sa foulée, avec la joie du défi — il avait été champion du 400 mètres en hypotaupe, non mais — il doubla la Rover, la laissa regagner du terrain, tendit le bras en arrière pour saisir la poignée, la manœuvra, aidé par la pente qui ouvrit la portière. Il s'arrêta, les pieds joints, et plongea à l'intérieur, se redressa, essaya de débloquer le frein à main. Les doigts crispés sur l'étrier qui terminait le levier, pouce écrasant le bouton-poussoir, il comprit soudain combien c'était ridicule, puisque ce frein était déjà mis, et donc ne marchait plus. Il enfonça la pédale du milieu. Les roues grincèrent, mais sans plus. C'était normal. Il pompa à trois reprises pour amorcer le lookheed.

— Guillaume !

Il se retourna pour voir Jeanne qui courait nue sur la lunette arrière, il lui envoya un baiser, fou d'amour, ivre de l'exploit qu'il venait d'accomplir, pour elle. Il voulut baisser sa vitre pour lui crier je t'aime, mais il eut soudain l'illumination qu'il s'agissait peut-être d'un servofrein. Alors il tourna la clé de contact, le moteur ronfla. L'auto avait quitté la route, rebondissant sur les ornières. Un agité traversa devant le capot en hurlant des injures, emmêlé dans son aile rouge. Guillaume batailla avec le levier de vitesse pour se mettre en première, se rappela que merde, elle n'était pas synchronisée, passa la seconde, rétrograda et tourna le volant pour échapper à la pente. Mais les roues étaient prises dans l'ornière d'un tracteur, le châssis trop lourd bloquait la direction.

Au bout du radiateur, il vit soudain le tremplin en bois des deltaplanes, et des fous en combinaison qui sautaient sur place avec des gestes pour le chasser, comme une mouche. La talonnette de la pédale des freins sauta à ce moment-là et son pied nu s'entama sur le métal, il cria de douleur, envoya son autre pied, cria à nouveau, plongea pour freiner avec les mains. Il s'ouvrit le pouce mais, pressant des deux bras, réussit à enfoncer la pédale. Roues bloquées, la voiture continua sur sa lancée encore quelques mètres, à cause de l'herbe humide. Guillaume, soulagé, remerciant Dieu les mains jointes sur sa pédale, ne vit pas le vide quand la Rover bascula.

Il y eut un bref silence, un premier coup contre la paroi, et l'explosion au deuxième choc. Les deltaplanes s'étaient massés sur le tremplin, bousculés par le centre aéré qui déboulait dans un effroi goulu, les enfants écartaient les toiles et les câbles des hommes qui les repoussaient. Jeanne, figée au bord du vide, les ongles enfoncés dans les cuisses, murmurait :

— Papa...

Des lambeaux de tôle enflammés se détachaient de la masse cuite dégringolant toujours. Et puis ce fut le noir, lc puits sans fond, l'apaisement. Jeanne ne sentait plus rien. Elle n'était pas là. Elle n'était pas née. La vie revint sous la forme d'un moniteur affolé qui lui tendait un vêtement vert :

— Mademoiselle ! Il y a des enfants.

V

Clémence resta quinze jours à la clinique. En écoutant le récit des gendarmes, elle avait compris l'accident de travers, croyant que Jeanne était morte. On lui avait expliqué avec d'infinis ménagements que non : c'était son fils. Elle avait dit : « Ah ! bon », soulagée, s'était rendu compte de l'énormité de sa réaction, de tout ce qui était passé par cette brèche, et avait avalé un œuf en pierre dure. C'était la première chose qui lui était tombée sous la main. Comme elle ne pouvait plus parler, tandis qu'on appelait SOS médecins, elle s'était mise à griffonner partout, sur les tables, sur les murs : « Je veux mourir, laissez-moi ! » Queen Mary finit par l'assommer d'une pression sur la nuque, le phare de l'ambulance pleura du bleu sur la vitre, la pluie noya le cortège, la civière ; le château resta vide.

A Super-Chavignin, Jeanne s'était sauvée avant l'arrivée des gendarmes, poursuivie par les cris et les coups de sifflet du moniteur qui réclamait son blouson. Nue sous l'étoffe verte, les doigts crispés sur la valise de la siamoise qui miaulait à la mort, elle s'était enfoncée dans la forêt, s'accrochant aux branches, blessant ses pieds, tombant dans les fougères. La police diffusa un avis de recherche, sans succès. Madeleine alla au *Dauphiné libéré* et republia la photo de Jeanne. Mais, cette fois, elle n'offrit pas de récompense. Mieux valait pour tout le monde qu'on ne la retrouvât pas.

Clémence, lorsqu'elle sortit de la clinique, semblait dans son état normal. Comme elle avait toujours été un peu bizarre, on ne se méfia pas, on ne remarqua rien. Encordée à Queen Mary, elle descendit avec un panier dans le ravin où la Rover avait fini de se calciner. On l'avait prévenue qu'il ne restait quasiment rien de Guillaume : on n'incinère pas un carbonisé, et l'urne scellée qu'on lui avait remise était peut-être pleine de terre. Pas de quoi nourrir les cygnes. Elle fouilla les quelques décombres que la pluie incorporait déjà au sol, jeta dans son panier la coque d'un rétroviseur, la manivelle du cric et la poignée du coffre.

Ensuite, on la vit fermer tous les volets du château rose. Des pêcheurs certifièrent qu'elle avait tiré à la carabine sur les cygnes devant son débarcadère. Et puis on ne la vit plus, pendant un mois. Ni à la chorale, ni au ciné-club, ni à la messe. Queen Mary allait faire les courses à la station Shell, avec son air fermé, qui ne tranchait en rien sur l'ordinaire. On n'osait pas l'interroger. On craignait un peu qu'il n'y eût rien à dire. On préférait extrapoler, en cachette, au rayon des surgelés, se taire à son entrée et lui faire bonne figure.

Madeleine Chaume, comme Clémence, avait déserté la chorale. Le père Miko ne les relançait pas. Les deux châteaux s'ignoraient. C'était leur façon de protéger la fugue de Jeanne, par le silence et la dispersion ; tous les trois avaient perdu leur raison d'être ensemble, puisque Jeanne ne voulait plus d'eux.

Un jour, le cirque Merlino s'installa sur le terre-plein de la gare. Un break surmonté d'un mégaphone traversa Chavignin à douze reprises, grésillant de manière inaudible le programme que les villageois étaient appelés à consulter sur les affiches illisibles décollées par la pluie. Le terre-plein de la gare était sillonné de boue, la sciure du chapiteau tournait dans les flaques. A la représentation du soir, il n'y eut qu'une spectatrice. Dans un anorak bleu à pompons, assise sur un gradin au troisième rang, juste dans l'axe du trapèze, Clémence croquait du pop-corn. Queen Mary, à la caisse, parlementait. Une convention syndicale interdisant aux artistes de se produire devant un nombre de spectateurs inférieur à celui de la troupe, il finit par acheter quarante et une places et demie.

— C'est poli, soupira le directeur, pour la femme-tronc. Je les place groupés, vos amis ? Je vous demande ça à cause des coussins.

— Comme vous voulez. Mais commencez vite.

— Oui, mon cher, oui. Une minute. Je fais l'ouverture : il faut bien que j'aille me changer. Vous n'entrez pas, vous ?

— Non. J'attends dans la voiture.

— Vous n'aimez pas la foule ? blagua le directeur, en lui décochant une tape sur l'épaule, par-dessus son guichet rayé.

— Je n'aime pas le cirque.

Queen Mary écarta le rideau de toile, ressortit sous la

pluie. Le directeur compta sa caisse, disposa ses coussins rouges sur les gradins tout autour de la marquise, puis alla se grimer dans sa roulotte. « Entrée des gladiateurs » résonna en crachotis dans les baffles. Un moment après, les veilleuses s'éteignirent, le pinceau d'un projecteur fit le tour de la piste, cherchant le directeur qui bondit en tournant, s'arrachant au rideau qui se décrocha derrière lui.

— Baïour les pétits zenfants ! piailla-t-il, campé sur ses talons, ses longues chaussures frétillant du bout, son nez rouge clignotant, un filet d'eau fusant par saccades de son chapeau melon vert.

— Bonjour, répondit Clémence.

— Et qui c'est qui va bien rigoler avec lé clown Patatrac, hein, les pétits zenfants ?

— C'est nous, dit Clémence.

Il fit une cabriole, se coucha sur le dos pour applaudir avec ses pieds, se remit debout, la main sur les reins, et demanda, poings aux hanches, la tête vers les derniers gradins :

— Et qu'est-ce qué c'est la différence entré oun gros cigare et ouné tarte à la crème ?

Il y eut un silence.

— Je ne sais pas, avoua Clémence.

Un clown blanc longiligne enjamba le rideau décroché et vint derrière le directeur, au ralenti, levant les genoux jusqu'à la poitrine pour retomber sur la pointe des pieds. Il tenait une tarte à la crème.

— La différence, c'est qué lé gros cigare jé lé foume, seulément la tarte, jé mé la mange, mais quand jé l'ai mangée... et merde.

Sur un haussement d'épaules, il tourna les talons et regagna la coulisse, les pieds traînant dans la sciure. Son compère, surpris, le suivit des yeux, puis regarda la dame du public. Ses yeux redescendirent sur la tarte à la crème. Avec un mouvement décomposé, il la leva et l'appliqua sur son visage fariné. Blanc sur blanc, l'effet était discret. Clémence applaudit quand même. Le vent s'engouffrait sous le chapiteau vide, dans un cliquetis de mousquetons et de haubans heurtés. Une flaque grandissait sur la piste ; les gouttes tombaient d'un trou de la toile, au-dessus du trapèze, dans un halo bicolore. Le clown se déplaça pour saluer, au sec, dans le noir. Tandis qu'il repartait, on entendit le « clic » du magnétophone, et une musique de jungle, entremêlant tam-tam et feulements rauques, modifia l'éclairage. Un dompteur à brandebourgs fit son entrée dans des claquements de fouet qui s'achevaient en éclaboussures.

— *Und jetzt, meine Damen und Herren, hier ist Mayerling, der wildeste Tiger des Jahrhunderts.*

— *Ja, schön!* s'exclama la marquise en battant des pieds. *Wo ist er?*

Le tigre entra, apathique, la tête basse et la patte douce, vint tremper sa langue dans la flaque.

— *Mayerling! Verboten!*

Le tigre observa l'homme en bâillant, se lécha les babines à gauche et alla grimper sur un tabouret, placide. Une jeune fille en justaucorps à paillettes apporta un cercle enflammé. Le dompteur le saisit par le manche, son visage creusé dans une gravité recueillie, et le présenta sous un roulement de tambour au tigre, qui souffla dessus. Le cercle s'éteignit. Le dompteur le rendit à la jeune fille, sous les bravos de la spectatrice.

— *Darf ich ihm pop-corn geben?* s'enquit Clémence, plongeant la main dans son sac.

— Il est interdit de jeter à manger aux artistes, beugla la voix du directeur, avinée, dans les baffles.

Le dompteur eut un mouvement d'épaules, exaspéré, puis fit une longue déclaration où il annonçait l'exploit suivant, qui n'eut pas lieu car le tigre était sorti.

— Ma-yer-ling ! Ma-yer-ling ! scanda Clémence, tapant sur ses genoux, pour rappeler l'animal.

Le dompteur écarta les bras, fataliste, laissa retomber ses mains sur sa culotte de peau et quitta la piste. Comme Clémence n'applaudissait plus, l'assistante demanda :

— Vous voulez qu'on continue ?

— Non, dit la marquise, c'était très bien. Je voudrais parler au dompteur.

— C'est la deuxième roulotte à gauche, après la ménagerie. Jaune avec des bandes vertes.

— Allez dire à mon jardinier de me rejoindre avec un parapluie, vous êtes gentille.

Elle se leva, remonta sa capuche dont elle noua les deux pompons, et descendit sur la piste. Traversant les coulisses éteintes, elle sortit par un couloir de toile rêche. L'appel déchirant d'une chèvre la guida vers la ménagerie. Elle tapa à la porte jaune rayée de vert.

— *Ruhe!* cria le dompteur. *Lass mich in Ruhe!*

Clémence entra, dénoua ses pompons en lui demandant s'il était vraiment de « là-bas », dit qu'elle trouvait cela merveilleux. Elle n'avait plus jamais parlé allemand, depuis la guerre. Le tigre comprenait-il une autre langue ? Non. C'était épatant, que mangeait-il ? Le dompteur, en maillot de corps sous sa casquette rouge galonnée d'or, à demi démaquillé, gardait la bouche ouverte, dans sa loge-cuisine-chambre semée de livres, de chaussettes et de bouteilles de bière vides. Clémence lui signa un chèque en blanc, parce qu'elle avait trop froid et, abritée par le grand parapluie de golf que tenait Queen Mary, alla chercher le tigre. Le dompteur, ruisselant, son maillot collé sur ses côtes apparentes, enfila à son partenaire un ciré noir taillé à ses mesures, accrocha une laisse à son collier et, frénétique, enthousiaste, donna à la marquise une boîte de Whiskas au foie, qui était la marque favorite de Mayerling.

— Il dit qu'il est très vieux, traduisit-elle à son jardinier, il dort près d'un chauffage électrique, ses dents sont fausses, il est borgne, il ne sent plus rien, et on doit le baigner tous les trois jours dans du Soluptyl à 2 %, pour ses poils. Tu notes ?

Il fallut ouvrir la boîte de Whiskas et installer une planche pour faire monter le vieux fauve à l'arrière de la Cherokee. Le hayon refermé, Clémence serra les doigts sur le poignet de son jardinier, regarda le tigre.

— Il est allemand, chuchota-t-elle, dans un sourire délavé qui trembla sous les larmes.

Le passé douloureux chassait le présent invivable, et la vie repartait. Avant de rencontrer Paul de Freine, Clémence avait aimé un capitaine de la Wehrmacht, en 42. On l'avait tondue à la Libération, dans la joie du moment. Quand on sut que le capitaine, exécuté prestement par un milicien recyclé, travaillait en fait pour les Anglais, le coiffeur de Chavignin rapporta à Clémence ses cheveux, reconstitués en perruque. Depuis, elle les exposait dans une vitrine au salon, les appelait son trophée de guerre.

*

Le tigre se plut au château rose. Il dormait huit heures par jour et dix heures par nuit, près d'un radiateur électrique, dans un boudoir aménagé en forêt tropicale. Queen Mary, chargé de lui passer des musiques de jungle pour lui rappeler son enfance, s'attacha à lui et le rebaptisa Clemenceau. Le soir, l'animal descendait à la cuisine, pesamment, allait bâiller sur son assiette. Clémence lui écrasait son Whiskas à la fourchette en lui chantant la *Lorelei*, comme elle faisait jadis pour endormir Jeanne. Le tigre dodelinait en ronronnant.

L'après-midi, jusqu'à la fin de l'été, elle l'emmena se baigner au lac. La rive autour du débarcadère, en bas de son parc, étant trop abrupte, elle prenait la voiture et se rendait à la Voile d'Or.

— J'ai trouvé une plage déserte, disait-elle au vétérinaire qui venait examiner Clemenceau, à trois mètres de distance, tous les mercredis. Je ne sais pas pourquoi les gens vont s'entasser sur les autres plages, alors qu'il n'y a personne autour de nous.

— L'instinct grégaire, disait le vétérinaire, qui lançait une pilule au tigre et repartait vite.

Clémence, que la présence de son fauve endormi et la langue allemande rendaient amène, donnait des soirées, à présent. Elle invitait Mac-Bugnard le restaurateur-rapide, Mlle Maurice de la station Shell, Mlle Drumettaz la bigote de l'harmonium et un inconnu, en général un vacancicr du camping de l'EDF, à qui elle réservait la « place du pauvre », tradition familiale avec laquelle elle renouait, pour le plaisir de gêner la conversation. Ses convives n'étaient pas là pour parler.

Dans le vestibule, le jardinier leur distribuait des baguettes.

— On dîne chinois ? s'était enquise Mlle Maurice, le premier soir.

— Non, c'est pour le tigre.

Clemenceau, peureux à cause de son odorat mort et de sa demi-cécité, tressaillait au contact des étrangers, ce qui était mauvais pour son cœur, avait dit le docteur. Aussi les invités, susceptibles de le rencontrer dans leurs déplacements, étaient-ils conviés à taper contre les murs et les portes avec leurs baguettes, pour signaler leur présence.

Les dîners, dans la salle à manger ronde au plafond de soie rose, étaient sinistres et muets, le menu invariable, les convives identiques, à l'exception du « pauvre ». Chacun fixait son assiette de soupe à l'œuf, pour ne pas voir les œillades onctueuses que la pompiste empourprée dispensait au campeur. La lumière avare des chandeliers enfonçait l'ambiance dans un embarras que la marquise jugeait propice à la concentration. Ses invités souffraient le martyre et digéraient mal, attrapaient des boutons à cause de la choucroute en boîte qui suivait la soupe à l'œuf, mais revenaient chaque soir, à huit heures trente, avec des ballotins de chocolats que Clémence ne servait jamais, les oubliant dans l'entrée, sur la tablette du radiateur. Mlle Drumettaz reprenait le sien discrètement, en partant, le laissait dix heures au réfrigérateur et le rapportait le lendemain. Le ballotin entrait dans son deuxième mois.

Après le dessert, un yaourt, on passait dans la bibliothèque, où le jardinier avait allumé trois bougies et fait brûler de l'encens. On s'asseyait autour d'un guéridon. Le campeur, supposé impartial puisqu'il changeait tous les soirs, était prié de tracer un cercle à la craie sur le sol, autour des convives, de battre le jeu de tarots et de le couper devant Queen Mary. Puis on lui faisait passer une enveloppe close qu'il devait remettre à l'apprenti médium.

Le jardinier se concentrait, lentement, les yeux fermés, la respiration s'allongeant à mesure qu'il retournait entre ses doigts l'enveloppe, qui contenait chaque soir la photo de Guillaume.

— C'est un garçon..., finissait-il par prononcer gravement. Un garçon de vingt-deux ans.

— Bravo ! s'exclamait la marquise, enthousiaste. C'est un médium extraordinaire.

La pompiste, la bigote et le restaurateur-rapide approuvaient avec des « Oh ! » et des « Ah ! » et des hochements de tête. Le campeur se taisait, impressionné.

— Est-il mort ou vivant ? s'informait Clémence d'une voix nouée.

— Mort, laissait tomber Queen Mary.

— Juste, ponctuait la marquise.

— Mais il veut nous parler.

— Allons-y. Quel est son nom ?

— Guillaume. Guillaume de Freine.

— Mon Dieu ! C'est mon fils ! C'est mon fils ! répétait la marquise à la tablée médusée.

— C'est son fils ! renchérissait la pompiste, qui en faisait des tonnes. Vous vous rendez compte ? Mais c'est inouï ! Son fils !

— Ça, appuyait le restaurateur plus sobrement, pour une surprise...

— Paix à son âme au Royaume des Cieux, concluait Mlle Drumettaz en se signant.

— Écoutons, disait Clémence.

Le jardinier replongeait dans sa transe, son fauteuil craquant sous lui. Les mains se joignaient au-dessus du guéridon, pour stimuler son fluide par une chaîne sensorielle, à laquelle Mlle Maurice apportait le renfort de son pied sur celui du campeur. Queen Mary donnait alors la parole à l'esprit de Guillaume, qui disait qu'il était content ; sa mort se passait bien, il avait fait la connaissance de gens intéressants, il avait retrouvé son père (— Il t'embrasse, maman. — Moi aussi, passe-le-moi. — Bonsoir, Clémence. — Bonsoir, Paul. Tu as bien reçu la messe de l'autre jour ? — Oui, merci. Ça se passe bien, sur terre ? — Il n'y a que des cons. Tu es mieux où tu es. — Façon de parler. Les cons morts, où veux-tu qu'ils aillent ? Je te repasse ton fils. — A bientôt, Paul. — C'est moi, maman. Je te quitte : je ne peux pas te parler longtemps, je suis encore trop jeune. — Bonsoir, mon chéri. Couvre-toi. — C'est fini, concluait le jardinier en reprenant sa voix.).

Ensuite, grâce aux tarots, chaque invité recevait une prédiction agréable. Le cor de Mlle Drumettaz irait mieux ; le restaurateur-rapide ne désemplirait pas, cette saison ; la pompiste venait de rencontrer un homme dont elle allait bouleverser le destin. Le campeur, effrayé, retirait son pied.

La séance était levée, on se séparait dans les poignées de main et les coups de baguettes. Les invités repartaient, pas fâchés que ce fût fini, mais résolus à revenir le lendemain jouer leur rôle, pour compléter leur collection. Sur le seuil du salon, Clémence leur distribuait en remerciement les porcelaines de Sèvres qui emplissaient les vitrines du château. Mlle Maurice avait demandé à un antiquaire d'Annecy, pendant son plein, ce qu'il pensait d'une des sous-tasses. L'antiquaire, dont elle ignorait le nom et qu'elle appelait Renault-30, avait poussé des hauts cris, cité un certain « Monsieur, frère du Roi », et parlé en millions.

— Oui, mais enfin, répliquait Mlle Drumettaz, prudente, il n'a pas proposé d'acheter. C'est peut-être simplement pour vous flatter, pour que vous lui fassiez un prix sur l'essence.

— C'est pas moi qui commande à la pompe, dites donc, piétonne, on n'est pas chez Leclerc. Non, ce que je vais faire, c'est demander à Opel-Kadett, mais je l'ai pas vu depuis longtemps, il est commissaire-priseur en retraite, l'été il va à Cannes.

— Oh ! si c'était tant précieux, elle les donnerait pas comme ça, disait, flegmatique, Mac-Bugnard qui exposait ses porcelaines sur les rayons derrière lui, et les cassait régulièrement en servant les Ricard.

— Avec le temps, elles ne peuvent que prendre de la

valeur, se rassurait Mlle Drumettaz, qui avait quatre-vingt-sept ans.

— Surtout les miennes. Y a le prix de la colle.

La vie glissait doucement, du tigre au dîner et des fantômes au Whiskas. La marquise, enfermée dans la répétition de la réalité, ne rêvait même plus de son fils et avait presque oublié Jeanne, toujours introuvable. Elle parlait de moins en moins le français. Son jardinier avait acheté, pour la suivre, un dictionnaire allemand à la station Shell. Les trois invités du soir appréhendaient le moment où, à leur tour, ils devraient se mettre à la méthode Assimil, pour continuer à gagner leurs Sèvres.

Et puis, fin septembre, il y eut le drame. Clemenceau avala une balle de tennis, passée par-dessus la clôture, et mourut étouffé. Clémence le fit transformer immédiatement en descente de lit, qui continua d'occuper le boudoir aux plantes exotiques. Pendant trois jours, le jardinier ne lâcha pas Clémence d'une semelle, craignant que ce mort supplémentaire ne l'entraînât définitivement de l'autre côté. Aussi lui embrassa-t-il la main avec transport lorsque, le quatrième jour, sortant de sa léthargie, elle le pria d'aller chercher devant la pièce d'eau, chez Madeleine, l'un des canons de ses ancêtres qui servait à sonner midi pendant la saison touristique. Il s'exécuta, avec l'énergie de l'espoir, et Clémence n'eut plus qu'à allumer la mèche. Le canon, pointé vers le mur mitoyen, fit feu à midi moins dix, heure anniversaire de la mort du tigre, et des gens du village avancèrent leur montre. Le boulet ouvrit une brèche en creux dans les meulières, traversa le tennis de part en part et finit contre un poirier séculaire qui éclata en mille poires, cassant les vitres à cent mètres à la ronde.

Les voisins appelèrent les gendarmes, qui arrêtèrent Queen Mary, et le juge convoqua la famille de la châtelaine. Un dimanche, la pompiste vit arriver une Saab 900 Turbo, gros scarabée de sécurité où se tenaient les neveux de Clémence et un médecin de Paris, neurologue en herbe qu'ils avaient connu au bridge. Tout ça n'avait pas trente ans, était cravaté de sombre, avec des mentons gras, des plis soucieux et s'adressait à la marquise en articulant comme si elle était sourde.

Ils prirent le thé, parlèrent de l'automne, de la Bourse, du retraitement énergétique des stocks excédentaires d'engrais organiques, dont s'occupait l'entreprise dirigée par les trois frères.

— En somme, dit Clémence en soufflant dans sa tasse, vous êtes subventionnés par l'Énergie nouvelle pour faire chauffer de la merde.

Le neurologue en conclut qu'elle ne pouvait plus vivre seule, et adressa au juge un rapport demandant la mise sous tutelle et le placement en maison, avec avis favorable de la famille. Par suite d'une erreur ou d'une délicatesse médicale, la marquise reçut un double des pièces figurant dans son dossier. Après tout, pourquoi pas ? Afin de hâter les choses, elle commanda chez son boucher un sanglier vivant et l'installa dans le château. Il chargea les meubles, renversa les statues, éventra les vitrines. Seule la télévision le calmait. Assis pattes en avant sur son canapé réservé, il fixait l'écran, fasciné, ramant du groin pendant les interviews. Il préférait les dessins animés et le football, sans doute à cause des taches heurtées qui se poursuivaient en hâte. Quand il n'aimait plus le programme, il se mettait à grogner, et il fallait vite changer de chaîne, sinon il chargeait la télé. Clémence s'était fait livrer une cinquantaine de récepteurs, entreposés à la cave, et la remontée de l'escalier en colimaçon, télé dans les bras, était sa gymnastique quotidienne.

Cela mis à part, il était charmant avec elle, depuis qu'il avait chargé sa coiffeuse et lampé le N° 19 de Chanel qui était son parfum d'automne. Néanmoins, sur lettre anonyme de Mlle Drumettaz, dont la vocation de collectionneuse avait été brisée net par les saccages de la bête féroce (« Un tigre, encore, écrivait-elle au brigadier, ça allait »), les gendarmes revinrent au château. Le sanglier bondit sur ce déjeuner de godillots juteux, et le brigadier l'abattit. Clémence tendit ses poignets aux menottes, sans rien dire. Naturellement, on ne songea pas à l'arrêter. On se contenta de lui renvoyer ses neveux.

La Saab arriva le lendemain, avec une dame, cette fois, que les neveux présentèrent comme une amie de Paris, et qui brancha discrètement un magnétophone de poche tandis que la marquise servait le thé, parmi les décombres du salon.

— Vous voulez un peu de terre dans votre sucre ? demanda Clémence à l'amie de Paris.

— Pardon ?

— Ou un doigt de ketchup sur les fesses, proposa-t-elle, très cordiale, en se mettant sur la pointe des pieds pour permettre au micro de bien capter sa voix.

L'amie eut un regard coulant, très bref, vers les neveux

qui se tenaient tête penchée, les mains à plat sur les genoux, contrits mais dignes.

— Je vous remercie, madame la marquise, répondit-elle avec un sourire encourageant, mais cela va très bien.

— Poil au cul.

Les neveux serrèrent les poings sur leurs genoux, ensemble. La dame ramena son sourire en boule, le détendit aussitôt.

— Je m'excuse, mais on doit dire « poil aux mains », pour que cela rime.

— On dit « je vous prie de m'excuser » et pas « je m'excuse », répondit Clémence, affable. Poil au cul.

— Allons, tante, fit un neveu, avec un mouvement tournant du double menton hors du col.

La marquise passa derrière sa proche famille, théière en main, et versa un peu d'Earl Grey, avec la passoire, dans le col de chacun. Grimaçants, impavides, écartant simplement les genoux sous la brûlure, à tour de rôle, ils la laissèrent faire, dans l'intérêt du dossier.

En reposant la théière, Clémence sut qu'elle avait gagné. D'un geste plongeant à l'intérieur de son sac, l'amie de Paris venait d'arrêter l'enregistrement. Clémence la coiffa d'un pot de fleurs, pour la beauté du geste, en disant « Oh ! le bel abat-jour », mais ce n'était plus nécessaire. En les raccompagnant sur le perron, elle eut un éblouissement. Le temps gris, à la réverbération aveuglante, ramena dans ses yeux le soleil d'un été, le goûter autour du bassin, avec les nappes blanches, le gitan guitariste, Jeanne assise droite sur sa chaise en fer, menton baissé, Guillaume se lamentant sur le sort de ses têtards hachés, le chocolat fumant sous le feuillage de l'orme, et les trois neveux, bien dodus, bien polis, déjà cravatés, qui avaient dit « bonjour, mademoiselle » à Jeanne et « pas encore, nous n'avons pas digéré ! » quand elle les avait flanqués dans le bassin, aidée par Guillaume qui avait ri, pour une fois, qui avait ri, vengeant ses têtards dans les barbotements affolés de ses gros cousins lisses.

Elle les embrassa sur le front, avec une tape sur la joue. Ils avaient seize ans, ils s'affineraient après la puberté, certainement. Ils voulaient être aviateurs, tous les trois, acheter une petite compagnie aérienne et faire le taxi dans les airs. Elle fut un peu surprise de les voir monter en voiture.

— Mais, dit-elle, vous n'avez pas votre permis, vous êtes trop jeunes.

Elle toussa dans la fumée d'échappement, regarda l'auto franchir le portail sans bouger.

— Ah bon, fit-elle, résignée à ce mystère. Guillaume, va te sécher, appela-t-elle. *Du bist ganz nass, und es ist kalt, heute. Nicht wahr ?*

Elle attendit une réponse qui ne vint pas, sourit en secouant la tête d'un air attendri, et s'assit sur une marche du perron. C'est là que l'ambulance la trouva, le lendemain, jetant des graviers devant elle en comptant. Elle en était à « *neunzehn-hundert-zwei-und-achtzig* », qu'elle chantait sur un air tzigane. Le jour tombait, Jeanne empilait les tasses, les neveux pataugeaient dans le bassin, Guillaume était parti. « *Neunzehn-hundert-drei...* » Les gens du village se signèrent, sur le passage de l'ambulance. Pendant deux jours, les infirmiers eurent dans la tête la valse gitane que

Clémence compta en allemand tout le long du trajet.

Son dossier, composé d'histoires de bêtes et d'un coup de canon, n'était pas très consistant. Mais les deux rapports médicaux fournis par les neveux prirent un relief nouveau lorsque le notaire de la famille se manifesta, pour rapporter les décisions récentes qu'avait prises Mme de Freine, en ce qui concernait sa succession. La marquise souhaitait déshériter ses neveux et léguer tous ses biens à la fille de l'ancienne garde-barrière du village, plus ou moins mêlée à la mort de Guillaume de Freine, et présentement sous le coup d'un avis de recherche. Clémence avait même évoqué son désir de l'adopter, afin de lui transmettre le pourcentage héréditaire qu'elle percevait chaque fois qu'on installait un feu rouge de par le monde. Là, ça devenait dangereux pour la société. La marquise fut déclarée sans retard irresponsable, et le juge des tutelles la plaça sous l'autorité de l'aîné de ses neveux.

*

Dans le hall de l'institut La Pierre-Longue, à Chambéry, un médecin en blouse ouverte, la cravate lâche, la cinquantaine pochée, un bâton de sucette à la bouche, appuyait son front contre la baie vitrée, regardant les brancardiers sortir la civière de l'ambulance, l'installer sur leur chariot, et la silhouette fine en mousseline parme se redresser, la main sur le bras d'une blouse blanche, mettre les pieds par terre et faire deux pas, éblouie, désarmée, comme une Belle au bois dormant oubliée trop longtemps dans le sommeil. Le médecin avait lu le dossier Freine (Clémence de), schizonévrose avec pulsions agressives caractérisées, élevage de fauves et tir d'obus. Il l'attendait.

Près de lui, nerveux, grillant un cigarillo inodore, arpentant le hall avec son attaché-case, l'aîné des neveux se préparait à la scène. Il n'y en eut pas. A son entrée, Clémence le contourna, la main sur son épaule, comme un nageur repousse une bouée en prenant de l'élan, et se rendit au comptoir de la réception, suivie par les brancardiers qui poussaient leur chariot vide.

— Hello, dit-elle à la jeune femme du standard. Je crois que vous avez une réservation.

Le médecin jeta son bâton de sucette dans le bac d'un ficus et vint s'adosser au comptoir, près d'elle.

— Je ne vous souhaite pas la bienvenue, laissa-t-il tomber d'une voix profonde, sans intonation : vous ne faites que passer.

Clémence tourna la tête, détailla cet homme à la crinière de lion mité, avec ses rides sympathiques de noceur triste et ses poings enfoncés dans les poches déformées de sa blouse.

— Bonjour, mon ami, vous êtes le gérant ? C'est très propre.

Après dix secondes d'incertitude, le neveu accourut sur ses petites jambes, pour bredouiller à Clémence qu'il était navré, il n'avait pas eu le temps de passer la prendre au château, il arrivait directement de son conseil d'administration, il avait mis trois heures : 187 de moyenne.

— C'est pour madame, la fiche, précisa le médecin,

morne, à l'intention de la réceptionniste qui s'empara d'une feuille rose.

— Docteur, fit le neveu avec une mine de reproche, et un signe de la bouche vers Clémence qui devait, dans la mesure du possible, ne se douter de rien.

— Allez fumer dehors, laissa tomber le médecin sans le regarder, on vous appellera.

Perplexe, le neveu balança un instant sa mallette, puis alla finir son cigarillo en arpentant le paillasson, ouvrant et refermant à chaque bouffée la porte en verre coulissante. La main de Clémence se posa doucement sur le poignet solide de cet homme charmant, qui lui plaisait beaucoup, avec son autorité économe et distraite.

— Je dois vous faire un aveu : je ne suis pas folle.

— Moi non plus, dit-il.

— Je fais semblant pour lui faire plaisir, ajouta-t-elle en envoyant le pouce par-dessus son épaule. C'est un gentil garçon, il travaille bien, il veut devenir avion-taxi, quand il sera grand. De toute façon, j'aurais bazardé le château, puisque Jeanne n'en a pas voulu. Elle m'a abandonnée, vous savez. Mais ce n'est pas grave, si elle est heureuse, et moi je suis mieux ici. Vous croyez qu'ils vont vendre ou qu'ils vont lotir ? L'ennuyeux, c'est que le parc est en pente : s'ils en font une piste d'atterrissage, ils tomberont dans le lac.

Elle éclata de son rire clair, aigu, en renversant la tête, puis poussa un profond soupir, arrangea la cravate du médecin et se frotta les mains avec entrain.

— Alors, que fait-on, quel est le programme ? Vous avez de beaux arbres, j'ai vu en passant. Mais vous ne devriez pas laisser sortir vos fous, ça fait désordre.

Il eut un soupir bref, désabusé, haussa les épaules.

— Ceux qui sont vraiment dangereux, soyez sans crainte : ils ne sont pas ici. Ils sont dehors, ils sont libres. Comme votre neveu. Vous avez bien compris pourquoi il veut vous faire enfermer.

— Oui, bien sûr, il paiera moins de droits. Je suis folle, mais je suis vivante : il n'hérite pas, il gère. Entre nous, ça m'arrange. Depuis qu'on m'a pris mon jardinier, la vie m'assomme. Tout garde la poussière, les ampoules grillent, les feuilles tombent.

Le médecin la saisit aux épaules et la retourna doucement. Elle était si frêle entre ses doigts, il savait si bien comme elle allait devenir transparente, au bout d'un an, d'un mois, d'une semaine.

— Vous ne resterez pas ici, madame de Freine, je vous le jure.

— Chut ! fit-elle en écarquillant ses yeux bleus, délicieusement épouvantée. Je suis là incognito, malheureux ! Et ne comptez pas sur moi pour m'évader. J'espère qu'ici je vais me faire des amis. You-ouh ! lança-t-elle à un fantôme blanc qui traversait le hall en pantoufles. Il est fou de quoi, celui-là ? Enfin, il est fou comment ?

— Code AF 15, dit le médecin entre ses dents, suivant des yeux l'ombre au regard fixe.

— On ne dirait pas, jugea Clémence avec une moue, peu emballée, puis elle donna une bourrade au praticien : Allons, mon ami, au travail, passons des tests ! Moi aussi, je veux mon code.

Elle fit trois pas, revint au comptoir, vivement.

— Oh ! mademoiselle, je vous en conjure : donnez-moi une chambre au nord. La tête, en tout cas. Sinon, je me réincarne.

Le médecin alla vers la porte coulissante, attrapa le neveu par le coude, l'approcha de son visage.

— Je voulais simplement vous dire que je ne suis pas le patron, ici. Mais mon patron, c'est une lavette, et je fais ce que je veux, sans risquer rien.

— Oui... eh bien, tant mieux pour vous, éluda le neveu en se dégageant dans un bruit de gourmette.

— Lorsque je reçois une personne comme votre tante, non seulement elle sort au bout d'un mois, mais celui qui l'a fait entrer va en taule.

— Qu'essayez-vous d'insinuer ? se rebiffa le neveu, rogue.

— Je n'insinue pas, je préviens. Et la nuit, je dors mieux que vous. Déjà on ne peut rien contre la médecine quand elle se plante, alors quand elle veut la peau d'un salaud, elle l'a. Ripez, maintenant, vous polluez.

Il le poussa plus vite que l'ouverture de la porte, le neveu heurta la vitre, se prit les jambes dans son attaché-case, dévala le perron sur un pied, bras en croix.

— Ce sera un bon aviateur, dit Clémence au médecin, avec un sourire de fierté, quand il revint près d'elle.

Sans un mot, l'homme posa sa main à plat sur le dos de Clémence et l'entraîna au fond du hall vers l'ascenseur, dont il ouvrit la porte avec sa clé.

VI

Pendant deux ans, Jeanne vécut au col des Roussettes, à quatre-vingts kilomètres de Chavignin, dans une ferme isolée entourée de cloches de vaches qui la réveillaient à l'aube. Elle ouvrait ses volets sur l'air frais, le ciel encore rose, les montagnes embrumées ou la nuit blanche de neige. La siamoise bondissait du lit, sautait sur son épaule. L'odeur de bouse et d'alambic se mêlait à celle du café chaud qui gagnait peu à peu. Elle était heureuse, chaque matin, au réveil. Après, elle n'avait plus le temps.

C'est un saint-bernard en peluche, avec son tonnelet de rhum, qui lui avait donné l'idée de ce refuge, alors qu'elle courait entre les chalets à souvenirs sur les pentes de Super-Chavignin, après l'explosion de la Rover. Elle avait tiré une couverture sous les assiettes d'un pique-nique noyé par l'orage, avait enroulé autour d'elle la laine rêche pour cacher ses fesses et pris un taxi, grâce à l'argent trouvé dans le blouson du moniteur qu'elle avait réussi à semer. Elle avait dit au chauffeur : « Col des Roussettes. » Elle n'en savait pas plus.

Au col, il n'y avait pas de village, pas même de hameau.

Un bistro accueillait les cars, au bord de la route, et trois fermes se partageaient les hauteurs. Au bistro, on renseigna Jeanne en deux secondes. Dans une cuisine basse aux poutres noires, elle trouva Germaine Bujol, anciennement mère Marie-de-la-Résurrection, penchée sur une marmite à confiture. La bouilleuse de cru lâcha sa louche et bondit sur elle avec un cri, l'étouffa contre ses seins qui sentaient la groseille cuite. Elle avait rasé sa moustache, mais elle était toujours vêtue en ursuline.

— J'arrive d'en ville, s'excusa-t-elle immédiatement. J'ai gardé la tenue, pour quand je descends dans la vallée. En auto-stop, ça rassure. Et toi, dis donc voir comme tu es fagotée, quitte-moi ce machin-là mouillé, une couverture ! Mais elle est cul nu, par exemple ! Nom de Dieu, c'est le Lyonnais ! Deux fois qu'il en course, des randonneuses, hein, c'est lui ? Ç'ui de la bergerie en ruine, qu'était dans la banque et qui s'est venu avec une truelle et un sac de plâtre, faire le colo !

— L'écolo, tu veux dire ? l'arrêta Jeanne en riant, retenant son bras qui déjà décrochait le fusil au clou de la porte.

— Ah ! que ce coup-ci, je lui fais la peau, au colo ! Des fois tu sais pas qu'il vient — soi-disant il fait son pain, il m'en porte une miche, du bois, j'y donnerais pas à mes cochons — tout ça pour me montrer son gourdin qui pleure de côté ; la première fois qu'il m'a fait le coup de baisser la braguette, j'y ai fait celle qui voit pas : on a le soleil, aujourd'hui, avec le vent d'ouest et la brume sur l'Arravon, c'est la pluie pour demain. Lui, voilà pas qu'il se bigorne, avec l'œil qui tourne, et je te secoue l'oignon, et je te souffle avec les épaules qui montent, et qu'en plus il dit un nom qu'est pas le mien. Son pain, dans la figure, qu'il l'a pris ! Alors ce coup-ci, du plomb de douze !

Jeanne lui enleva le fusil, lui raconta que le Lyonnais était innocent, que simplement elle était recherchée par la police parce qu'elle s'était sauvée de chez les ursulines. Mère Marie, hennissant, la fit grimper au grenier, la cacha dans les bottes de foin sous une bâche, parce que c'était bientôt l'heure du facteur.

— Respire plus : c'est un Grenoblois. T'es majeure dans combien ?

— Deux ans.

— Ça va : il prend sa retraite en avril.

Dans la touffeur de la paille, la chaleur sucrée qui tombait des tuiles, Jeanne eut une crise, de sanglots ou de fou rire, elle ne savait plus. Comme elle avait bien fait de venir ici ! Au bout d'un moment, la géante réapparut par la trappe, changée, vêtue d'un gros costume d'homme en velours côtelé, ses cheveux gris noués en queue de cheval, les bras chargés de magazines de gauche, de droite et de fesses.

— Il en faut aussi, s'excusa-t-elle. Qu'est-ce que tu veux, de la vie, depuis cinquante ans, je connais que ma montagne, un chagrin d'amour que le garçon je l'ai vu trois jours, le chardon bleu et le bon Dieu. Sans être méchante, c'est pas d'avoir fait le professeur de cuisine dans la religion qui allait me donner l'intelligence. Mais depuis que je suis revenue dans le civil, tu vois, j'ai la *glasnost* qui m'est tombée dessus. Tu connais pas ? C'est chez les Russes, ça veut dire le Saint-Esprit. D'un coup, tu vois clair. Je suis abonnée à tout. Même, une fois, ils ont écrit ma lettre dans le courrier des lecteurs. Je suis la vedette, au café. Comme quoi la culture, c'est jamais perdu. Je vais faire des frites.

Dans les crépitements joyeux de l'huile, épluchant les pommes de terre à une vitesse impressionnante, elle expliqua à Jeanne l'imbécillité de la droite, la malhonnêteté des socialistes, le danger du Front National, la menace de l'URSS et les travaux du docteur Lardenois, un Toulousain qui avait découvert un nouveau point G, accessible à toutes les femmes.

Éblouie par cette écorce qui se fendait sous un savoir si neuf qu'il accordait aux choses, en les mélangeant, la même importance et la même vérité, puisque c'était écrit, Jeanne décida, en mangeant ses frites, de ne pas s'enfuir plus loin et de s'échapper dans l'étude.

Elle inscrivit Marie à un cours de philosophie à distance, pour conserver l'anonymat, et, pendant deux ans, s'instruisit sur son dos, assise en face d'elle dans la cuisine, dès l'aube, ne s'arrêtant qu'à l'heure du courrier pour aller se cacher sous la paille. Tandis qu'elle engloutissait pieusement l'écœurement de Cioran, la « Substance infinie » chez Spinoza et l'absurde selon Camus, expliqués par un vieillard lumineux à l'écriture ronde qui lui parlait d'égal à égale — ce qui permettait à Jeanne d'assimiler même ce qu'elle ne comprenait pas — l'ancienne religieuse, elle, apprenait à voix basse, avec des avancées régulières du buste contre le bord de la table, ses éditoriaux politiques qu'elle récitait comme des fables.

Le dimanche, elles distillaient du chardon bleu,

trayaient les vaches au bord d'exploser et, le soir, finissaient au bistro où elles noyaient l'épuisement dans des eaux-de-vie sans âme. La bouilleuse habillait Jeanne avec les robes de sa mère, des cotonnades 1930 aux fleurettes pastel. L'odeur était douceâtre, les plis marqués, la taille parfaite. Sur les marchés où, trois fois par mois, elles allaient vendre leur liqueur, Marie l'appelait maman.

Et puis un jour, à midi, sur le seuil de la cuisine, derrière le rideau en bandes de plastique multicolores, apparut Queen Mary. Amaigri, cheveux courts, la barbe moins rousse et abrégée, vêtu d'un treillis. Jeanne bondit de sa chaise, renversant ses livres, et sauta au cou du jardinier.

— Tu es sorti ?

— Une permission, c'est tout. Mais je n'en ai plus pour longtemps.

Aux assises, son boulet dans la clôture s'était transformé en tentative d'homicide avec préméditation et détention prohibée d'arme de guerre, parce que l'avocat de la partie civile avait des chances, si la majorité changeait, de devenir garde des Sceaux. A la une du *Dauphiné libéré*, il avait écopé de trois ans fermes, et purgeait sa peine dans les environs de Grenoble, comme chef saucier aux cuisines de la centrale, où la nourriture était si mauvaise qu'il avait perdu huit kilos, et se sentait beaucoup mieux. Mme Clémence aurait été fière.

— Comment va-t-elle ? s'empressa Jeanne.

Queen Mary détourna la tête.

— Bien, très bien.

— Elle s'est remise... pour Guillaume ?

— A sa façon.

— Elle ne m'en veut pas trop ?

— Oh ! ça non, t'en vouloir...

— Elle comprend pourquoi je ne suis jamais revenue. Pourquoi je n'ai jamais écrit. Je voulais qu'elle m'oublie, je lui ai fait trop de mal.

— Elle n'y pense plus, va, soupira Queen Mary.

— C'est marrant, s'exclama soudain Jeanne en le tirant par la manche, pour lui présenter sa compagne d'études. Vous vous appelez pareil !

Mère Marie et Queen Mary se serrèrent la main, avec un peu de gêne. Le jardinier précisa qu'enfin, lui, en réalité, c'était Charles. A son tour, elle confia qu'à l'origine, elle, c'était Germaine. Il hocha la tête. Elle lui offrit un siège. Il resta manger.

Jeanne était ravie de cette rencontre, qu'elle savait inoffensive, à présent, entre ses deux univers : l'ancien et le nouveau. Le jardinier avait mis deux ans pour la retrouver, de permission en permission. C'est finalement à Veuillard, chez les ursulines, qu'il avait eu un indice. La mère supérieure avait poussé des hauts cris au souvenir de Jeanne, la fugueuse incendiaire, qu'elle avait associée aussitôt dans sa rancune à la bouilleuse défroquée du col des Roussettes, deux créatures du diable, monsieur, Dieu leur pardonne, mais tout de même. A l'évocation du pugilat qui avait laissé la supérieure sur le cul, la géante barrit de son rire énorme et envoya son poing dans un jambon qui pendait au-dessus de la table. Le jardinier sourit de sa réaction. Jeanne se dit que ce serait bien si, une fois libéré, il venait vivre avec elles, pour couper le bois et faire les courses, mais elle ne pouvait tout de même pas l'enlever à Clémence, qui devait l'attendre si fort.

— Tu ne lui diras pas que tu m'as retrouvée. Il ne faut pas qu'elle me pardonne. Ça tuerait Guillaume une deuxième fois... tu comprends ?

Il se troubla, déroba son regard, changea de fesse dans le craquement de la chaise paillée. Elle crut que c'était de la délicatesse. Au café, il posa sa main sur la cuillère de Jeanne.

— Il faut que je te dise.

Et tout déboula, dans la lumière chiche de la cuisine basse, où la fumée de l'omelette s'accrochait aux jambons suspendus, dans un rai de lumière oblique. Jeanne s'imprégnait de tous ces détails concrets, se les répétait, pour ne pas céder au vertige. Clémence était enfermée chez les fous. Depuis deux ans. Les neveux avaient rasé le château rose, et divisé le parc en lots. Madeleine avait vendu sa ruine. Elle avait loué un appartement à Jumilly, en face des thermes, y était restée trois semaines. Depuis qu'elle ne luttait plus contre la maladie de son château, la maladie s'était logée en elle. Examens, radios, biopsies. Cancer du foie. Service du docteur Beaulieu à la clinique du Belvédère.

— Et... et Miko ? osa à peine demander Jeanne.

— Il va bien, s'empressa le barbu. La chapelle s'est écroulée sur la messe de sept heures, mais il était en retard. Remarque, quand je dis « il va bien », ça lui a donné un coup. Et puis, à cet âge... C'est la vie, quoi. Il baisse.

Jeanne plongea la tête dans le creux de ses bras croisés. Les deux autres, chacun à un bout de la table, regardaient son dos se soulever, régulièrement. Elle ne pleurait pas. Elle ne voulait plus les voir, voulait retrouver les images, remonter le passé. Le courage lui revint dans une longue inspiration, elle se redressa, releva ses cheveux avec son avant-bras nu.

— Je crois que j'ai toujours porté malheur, dit-elle. Même quand je ne suis plus là.

Le jardinier tortilla une moue et baissa les yeux. Il ne savait que répondre. Il était bien d'accord.

— C'est un drame, ponctua gravement Marie qui bouillait de curiosité. Remarquez, je sais pas de qui vous parlez, là, ces gens. C'est ta famille ?

Jeanne la regarda avec une haine soudaine. Elle avait fui ses marraines et Miko dans cette grande gigue pétrie de gentillesse, de connerie et d'éditoriaux, qui n'était que leur caricature. Elle avait voulu se protéger, et les avait condamnés en refusant leur aide.

— Je veux les voir, décida-t-elle. Tu as la voiture ? Emmène-moi.

— Tarde pas trop, dit Marie, tu n'as pas fini ton Spinoza.

Le jardinier prévint qu'il ne pourrait pas l'attendre : il devait être de retour à la prison à six heures, sans quoi il perdrait ses points de bonne conduite.

— On y va, coupa Jeanne en se levant.

Elle alla prendre dans le compotier les lunettes noires qu'elle avait achetées au bistro, décorées de cloches à vaches et de sapins neigeux. *Souvenir des Roussettes* s'inscrivait sur les branches. Elle sut dans l'instant qu'elle ne reviendrait pas.

— A ton avis, bougonna Marie, vexée d'être tenue à l'écart du malheur, j'écris ou j'écris pas ? Tu vois, insista-t-elle en soupesant deux magazines, ça me chiffonne qu'ils soient toujours à se taper dessus. Si tu regardes bien, c'est peut-être moi qui suis objective, mais ils disent la même chose, sur le chômage. Maintenant, est-ce que c'est un service à leur rendre, qu'ils s'en aperçoivent ? Je me demande.

Elle sollicitait l'avis du repris de justice, qui buvait ses paroles, pour retarder le moment de se retrouver seul avec Jeanne. La siamoise était venue se frotter à sa jambe. Jeanne la mit dans sa boîte.

— Ces hommes, tu leur enlèves la politique de pas être d'accord, qu'est-ce qui reste ? Ils écrivent des livres. Et moi, je peux pas lire, y a trop de noir. D'un autre côté, j'aimerais bien en faire une paire d'amis, qu'ils viennent boire un coup. Ah ! c'est dur, de choisir. Il a bien raison, va, ton Spinoza. Comme quoi, d'avoir un nom ridicule, ça fait pas dire que des bourdes.

Elle parlait dans le bruit de la voiture qui démarrait sur le chemin. Déjà, pour Jeanne, elle avait cessé d'exister.

*

— Laquelle on va voir ? demanda Queen Mary après sept kilomètres en lacets, les doigts serrés sur le volant.

Rencognée contre la portière, muette depuis le départ, Jeanne répondit :

— Madeleine.

Il lui donna raison. La folie de Clémence pouvait attendre. Un cancer, c'est plus grave, mais ça dure moins.

La Cherokee s'arrêta sur la place des Thermes, à Jumilly. La siamoise miaulait, à l'arrière. Le jardinier donna l'adresse de l'institut La Pierre-Longue, pour « après ». Elle pouvait prendre le car, au marché ; il n'y avait guère que vingt ou trente kilomètres. Il demanda si elle avait de l'argent.

— Rentre vite, lui dit-elle en ébouriffant ses cheveux crêtés, malmenés par la tondeuse. Et sois sage.

— Quand je sortirai, demanda-t-il après une hésitation, tu seras où ?

— Si on doit se revoir, on se reverra, répondit-elle en sautant sur le trottoir avec sa boîte à chat.

Elle referma la portière sans lui laisser le temps de l'approuver ou de la retenir — les deux réactions lui auraient été également odieuses. Elle regarda disparaître la Cherokee scintillante, son klaxon à trois notes écartant les autos plus basses. Un bout du passé qui partait, encore. Le détenu jardinier se portait bien, au moins, mais pour combien de temps. Avant de se rendre à la clinique, Jeanne alla acheter des caramels, pour ne pas arriver les mains vides. Des caramels, pour un cancer du foie. Ces maladresses délicates qui redonnent un coup d'espoir. Et puis, si l'émotion l'étranglait, elle n'aurait qu'à piocher dans la boîte. Les caramels, ça empêche aussi de parler.

Madeleine n'était pas dans sa chambre quand elle tapa à la porte. Et le lit était refait. Elle appuya la tête au chambranle, le paquet de caramels chut à ses pieds. C'était trop tard, une fois de plus, et c'était sans doute mieux.

Une infirmière qui passait lui indiqua aimablement que Mme Chaume était à la séance de quatre heures. Jeanne refoula immédiatement l'image de cinéma venue de son enfance, la cabine de projection, les engueulades à voix basse du curé quand elle se trompait de bobine. Là, il s'agissait probablement d'une séance de rayons.

— Vous pouvez attendre, dit l'infirmière, elle remonte dans un quart d'heure, vingt minutes.

Jeanne s'en alla, laissant les caramels sur le seuil de la chambre. Elle venait déjà de perdre Madeleine, deux minutes plus tôt, contre le chambranle. Le reste, ce ne serait qu'une question de semaines, de mois ; une dégradation plus ou moins lente. Il n'était pas utile de la retrouver pour la reperdre.

*

Dans la rue piétonnière où elle erra pendant une heure, elle accrocha son image dans la glace d'une pharmacie. Elle ne reconnut pas son reflet, cette silhouette d'un autre siècle dans la robe longue à fleurs douces, aux bretelles de dentelles et à la taille pincée. Elle était belle. Elle ne se connaissait pas. Elle ne faisait rien dans cette vie, elle s'était trompée d'époque, d'histoire, d'enfance. De près, la robe était pleine de trous de mites. Trois épingles étaient encore fichées dans un pli, qu'elle n'avait pas remarquées ; des épingles d'essayage. Peut-être la mère de Marie n'avait-elle jamais porté cette robe. Un bal annulé, un orage le jour du pique-nique, un fiancé parti pour la guerre. Et les plis de l'oubli, bien droits, sous les seins et le long de la jambe, au fond de l'armoire. Les plis de l'oubli ou de la fidélité. Un jour, comme Clémence, Jeanne deviendrait folle. Elle essaierait. Que faire d'autre, quand on détruit tout ce qu'on touche.

Un homme en passant lui envoya la main aux fesses.

— Connard ! lança-t-elle dans une volte-face et, tandis qu'il pressait le pas, la tête rentrée, elle ajouta plus bas : Merci.

En mordant un sourire de dérision, de joie mutine, de survie, elle grimpa dans un taxi, ouvrit son porte-monnaie, compta.

— Je vais à Chambéry, monsieur. Vous pouvez me mettre sur la route ? Je peux rouler pour soixante-douze francs cinquante.

— Pourboire compris ? demanda le chauffeur avec un accent traînant, le coude sur son dossier.

— Oui.

— Alors ça peut se faire, on y sera. Vous occupez pas du compteur, il est déréglé, dans le bon sens pour moi, mais si je l'arrête j'ai des ennuis avec la police. Ils préfèrent que j'arnaque le client, mais dans le respect de la loi.

— Et si vous le faisiez réparer ?

— Oh ! c'est toute une histoire. Ça immobilise le véhicule, on ne sait jamais combien de temps.

Elle se carra dans les coussins profonds de la DS, avec une bouffée de bonheur gratuit, dû à la gentillesse d'un inconnu, à un instant de hasard agréable et sans suite.

— Vous êtes suisse ? demanda-t-elle.

— A cheval. Frontalier. Natif d'Annemasse, le pays des

montres. C'est dire que mon père, il n'a rien compris : il était marchand de fleurs. Quand on regarde de trop l'heure, on n'achète pas de fleurs.

Il était petit, le cou bref, une casquette très large, aplatie, avec un pompon mal cousu qui penchait dans les virages. Jeanne, de toutes ses forces, fit cadeau de ce moment à Clémence, et s'endormit contre la portière pour rêver d'elle, en essayant de sourire.

— Ouh la ! Mais c'est chez les fous, votre adresse.

Elle se réveilla en sursaut. Le chauffeur enfonça la tête dans les épaules de son blouson, confus, se reprit tandis qu'on lui ouvrait les grilles de l'institut :

— Excusez-moi, vous avez peut-être de la famille. A moins que vous y travailliez ?

— C'est cela, oui, dit Jeanne pour ne pas assombrir sa course.

— Ah ! j'aime mieux, je veux dire : pour vous. Mais vous êtes bien jolie, pour faire ce travail. Nous disons donc : soixante-douze cinquante.

— Pourquoi ? sourit-elle en le payant. Les fous aussi ont besoin de choses belles.

— Eh bien, je vous souhaite de jolis fous, mademoiselle, dit-il en soulevant sa casquette du doigt, placide et l'esprit déjà tourné vers son prochain client.

Le compteur marquait deux cent trois francs. Jeanne se retrouva devant un bâtiment neuf, blanc crème, barreaux beiges aux fenêtres, encadré de cèdres et de marronniers roux. Des blouses blanches passaient en ligne dans les feuilles mortes. On reconnaissait les pensionnaires à ce qu'ils avaient un pyjama, en dessous. Elle leva les mains vers son visage, tira ses joues en arrière, réprima un frisson. Après avoir descendu le volet sur le grillage de la boîte à chat, pour la transformer en *vanity case*, elle arrangea les volants de sa robe et monta les trois marches qui menaient à la porte vitrée.

A la réception, une jeune femme très blonde, au maquillage étiré vers les tempes, regardait dans le vide un bouton rouge qui clignotait devant elle au standard. Elle finit par décrocher le combiné.

— La Pierre-Longue, j'écoute. Non, monsieur, aucune communication l'après-midi, à cet étage. Je vous en prie.

Elle raccrocha, eut un geste en suspens vers un roman de la collection Harlequin, posé à côté du standard. Un médecin passa devant elle. Elle cacha le livre avec sa manche, battit des cils. Quand une blouse à pyjama passait, elle descendait les yeux sur son standard. Quand c'était une blouse à pantalon, elle battait des cils. Jeanne observa un moment son manège, derrière le distributeur de boissons où un vieux pyjama, tenant une poignée de pièces d'un franc, s'amusait à retirer le gobelet dès que le café commençait à couler. Il soufflait entre ses dents des bulles de rire, et recommençait. Le distributeur ronronnait. Une chaleur paisible assourdissait les bruits, la clarté pâle du hall adoucissait les murs bleus, une odeur de miel et de Javel légère luttait contre la gravité des blouses à pantalon qui passaient. Visages sérieux, mais détendus : on n'était pas chez des agités. C'était une maison de la folie douce, la seule dans laquelle Jeanne pouvait concevoir Clémence.

Serrée d'appréhension, elle s'approcha du comptoir et

donna le nom de sa marraine à la jeune femme, timidement. Dire que le sort d'une fée dépendait, en cet instant, d'une pétasse teinte qui se donnait du rêve dans des livres à l'eau de rose tout en draguant utile. Jeanne contint sa violence impuissante.

— Comment ? lâcha la standardiste en retroussant le nez, pour mieux entendre.

— Je voudrais voir la marquise Clémence de Freine, s'il vous plaît, répéta Jeanne.

La fille se déporta sur la gauche avec sa chaise à roulettes, consulta un registre ouvert, annonça sèchement, même pas — neutre :

— De Freine, 412.

Jeanne eut mal, plus mal qu'à la clinique de Madeleine, plus mal peut-être qu'à l'explosion de la Rover, parce qu'elle mesurait pleinement, calmement, la situation ; elle recevait avec toute sa lucidité la gifle que la vie donnait à la magie, à l'insouciance, au rêve.

— Votre nom ?

— Brun.

La fille haussa un sourcil noir dans ses cheveux blonds.

— Vous n'êtes pas de la famille ?

— Si. Brun de Freine-Chaume. Prénom Jeanne.

— Dites donc, se plaignit l'autre en écrivant, ça va pas rentrer.

Jeanne gonfla les joues sur une envie de meurtre. La réceptionniste précisa, la langue entre les dents, concentrée sur la pointe de son Bic :

— J'ai pas assez de cases.

— C'est pas notre faute.

— Après, si je déborde, l'ordinateur me refuse.

— Il ne sait pas ce qu'il perd.

La fille haussa une épaule, eut un pff ! de modestie flattée, interrompit le patronyme au H de la dernière case, et passa à la rubrique suivante.

— Vous êtes majeure ?

— Ça se voit.

— Pas forcément, répondit-elle sans la regarder.

— Eh ben cochez oui, ça se verra.

— Vous êtes étudiante ou vie active ?

— Étudiante.

— Numéro de carte.

— Je ne l'ai pas.

— Non fourni, écrivit lentement la fille.

— Et la couleur des cheveux, ça vous va ?

— Vous savez, ce que je demande, c'est pour le règlement, hein. Moi, je m'en fous.

— On est deux. Je peux y aller ?

— Bon, code C3, soupira la standardiste en relisant les renseignements, c'est un badge vert. J'en ai plus.

Elle lui épingla à la bretelle de la robe un laissez-passer jaune, après y avoir inscrit VERT.

— 412, c'est au quatrième ?

— Non, pourquoi ? Cinquième étage.

— Et c'est eux qui sont fous, conclut Jeanne d'un hochement de tête, en avançant les lèvres.

Elle piqua droit vers l'ascenseur, secouant discrètement son *vanity cat* pour que la siamoise arrête de gratter, dans le noir. Un infirmier en faction, au vu de son badge, lui ouvrit avec sa clé la porte de l'ascenseur. Au cinquième étage, le couloir était très long, éclairé au bout par un œil-de-bœuf que relayaient des néons. Un chariot passait, tressautant, avec un bol de potage. Chaque porte était vitrée, à un mètre du sol ; un verre fumé, pour ne pas déranger les malades quand on observait leur comportement. Jeanne s'arrêta devant le 412, le cœur battant, les doigts serrés sur la mallette de la chatte. Lentement, elle approcha son front de la vitre. Dans la chambre, spacieuse et basse, il y avait trois lits. Une femme accroupie sur le sol, son pied nu dans une main. Une autre qui marchait en rond. Clémence, assise au bord de son matelas, tournée vers la porte, toute mince et claire dans sa blouse blanche, balançait doucement le corps de gauche à droite en remuant les lèvres. Une main se posa sur un boîtier fixé au mur, près de la tête de Jeanne, tourna un bouton.

— *Ein nebelhafter Schimmer, ein « je ne sais pas quoi »*, chantonna la voix de Clémence dans le petit haut-parleur.

Jeanne fixa la main, la manche de blouse, alla jusqu'au bout du bras. Chemise rayée, col ouvert, cravate lâche. Un homme de cinquante ans, buriné, aux cheveux gris plantés drus et très bas sur le front, un air de baroudeur à quai, un bâton de sucette au coin des lèvres.

— Vous pouvez ouvrir le volet à votre chat, il va étouffer.

— Il y a des trous, en dessous.

Il hocha la tête. Elle s'était sentie en confiance, immédiatement. Le timbre chaud, pourtant sans âme, les yeux pâles enfoncés sous des sourcils tombants, le gros nez cassé vers la gauche, donnaient au médecin un air pas fini, désinvolte et sincère. Jeanne pensa au Nounours de *Bonne nuit les petits,* qui descend de son nuage pour raconter des histoires aux enfants, avant que le marchand de sable, ce pantin maigrichon, fonctionnaire du sommeil à heure fixe, ne leur envoie une poignée de rêves en paillettes, et pom-pom-pom, Nounours remonte par son échelle de corde et le nuage repart.

— Elle... elle a l'air normale, dit Jeanne en regardant le boîtier d'où s'échappait la chanson de Marlène Dietrich, lancinante et limpide.

— Elle est elle-même. Enfin, différemment. Je préfère ne rien vous dire. Simplement, entrez dans son jeu, ça serait gentil.

— Ça peut la guérir ?

— Non. La calmer, oui. A ce stade-là, c'est tout ce qu'on demande.

Sa voix monocorde, qui collait lentement les mots dans un grognement, un son de porte qui frotte, avait pour Jeanne un charme désespéré. Elle aurait voulu qu'il continue, des heures, qu'il raconte Clémence, sans rien cacher, sans rien promettre, pour se sentir gagnée par cette lucidité si dénuée de précautions qu'elle en devenait optimiste. Quand il se taisait, il sifflait en mesure dans le tuyau de son bâtonnet, accompagnant la chanson de *l'Ange bleu.*

— Vous êtes la Jeanne dont elle parle tout le temps ?

Un frisson de gratitude monta aux lèvres de Jeanne.

— Elle se souvient de moi ?

— Elle ne se souvient que de ce qu'elle veut. Ne l'oubliez pas.

Il lui prit sa mallette, allongea le bras, ouvrit la porte et, avant de la refermer, comme Jeanne l'implorait du regard sans savoir que lui demander, il éteignit *l'Ange bleu* sur le boîtier.

Clémence n'avait absolument pas changé. Même sa permanente avait les ondes et les faux plis d'avant. Elle bondit, le visage illuminé.

— Jeanne, mon Dieu ! Tu es morte, aussi ?

— Hein ? balbutia Jeanne en tournant la tête en réflexe vers l'ombre du médecin, immobile sur la glace teintée. Euh... oui, répondit-elle en tirant un sourire.

— Mais comment ? Raconte !

Clémence lui tenait les poignets, radieuse, les tirant, s'appuyant dessus ; tantôt l'un, tantôt l'autre, comme des bâtons de ski. Les mots, les images tournaient dans la tête de Jeanne.

— Ben... un accident.

— Non ! cria Clémence en la lâchant aussitôt.

— Enfin, se précipita Jeanne : pas grave.

— Quand même, lui rappela Clémence en lui montrant le décor, instantanément calmée. Et ils ne t'ont pas fait trop attendre ?

Jeanne résista à la tentation de se retourner vers l'ombre de Nounours, pour lui réclamer le marchand de sable. Ce qu'elle vivait était intolérable, et en même temps elle était comme absente. Intolérable, mais pas douloureux. En jouant le jeu, elle savait qu'elle dominerait la nausée.

— Hein, dis ! Ils ont été corrects, au moins ?

— Oui, oui, très. Surtout saint Pierre. C'est un brave type. Avec tout le boulot qu'il a, il prend le temps de dire un mot gentil, c'est... sympa.

Clémence releva les épaules avec un air déçu.

— Tu dis n'importe quoi. Saint Pierre n'existe pas, ni les anges. Tu t'es fait avoir. Je te parlais des arbres.

— Les arbres.

— Les arbres, en bas, dans la cour. J'ai eu des problèmes avec le deuxième marronnier à gauche, un communiste, encore, certainement. J'ai dit : je veux une chambre au nord. Rien à faire, il a répondu : voyez avec le chef d'étage.

Elle désigna un hortensia chétif dans un pot de terre.

— Eh bien vas-y, pose-lui la question. Tu vas voir ce qu'il va te répondre.

Elle croisa les bras, l'encouragea du menton. L'estomac tordu, Jeanne s'approcha de l'hortensia.

— Pardon, monsieur le chef d'étage, je viens de la part de la marquise de Freine, qui aurait voulu une chambre au nord. C'est possible ?

Elle attendit la réponse, concentrée sur la plus grosse des fleurs.

— Tu vois ! triompha Clémence. Et grossier, en plus. C'est bien la peine d'être mort pour entendre ça. Gifle-le.

Les larmes aux yeux, Jeanne décocha un aller et retour violent à la fleur qui se cassa.

— A quoi bon, tempêta Clémence, demain il lui en poussera deux ! Deux, je te dis ! Ils sont tous plus odieux les uns que les autres ! Mais tu entends, tu entends ?

— Ta gueule ! hurla Jeanne à l'hortensia.

— Ah ! se réjouit Clémence. Tout de même.

Jeanne venait de comprendre en moins d'une minute comment on pouvait rendre fou n'importe qui, par contagion. Une envie irrépressible la poussait à fracasser l'hortensia contre le mur. Elle s'arracha au vertige de la plante, regarda autour d'elle en reprenant son souffle.

— Mais les autres... tes amies, elles sont gentilles avec toi ?

— Quelles amies ?

— Ben...

Elle désigna les deux autres femmes en blouse : celle qui tournait sur elle-même et celle qui regardait son pied.

— Tu veux parler d'elle, dit Clémence en désignant une pâquerette dans un verre d'eau. Trop tard, elle est morte, je l'ai débranchée.

Elle jeta la fleur sur la table de nuit, but la moitié du verre d'eau, tendit le reste à Jeanne.

— Paix à son âme.

— Paix à son âme, répéta Jeanne, et elle but l'eau, fit la grimace.

— Je te l'avais dit, soupira Clémence : c'est une salope. Ils sont tous pareils. Mais moi, je rigole, parce qu'ils sont vivants, je peux les tuer, regarde. Regarde-les !

Elle sortit de sa poche des brins d'herbe collés qu'elle fit tomber en agitant les doigts. Elle eut un rire haut perché, se tapa deux fois le genou.

— Et... ça ? demanda Jeanne en désignant les deux malades en blanc.

— Ah ! ça. On me les change tous les deux jours. Il y a déjà une odeur, tu ne trouves pas ?

Elle alla ouvrir la fenêtre au grillage fixé sur les barreaux, se retourna avec espièglerie :

— Qu'est-ce que tu vas faire de ta mort ?

— Je ne sais pas encore.

— Apprends bien, sois sage, ne regrette pas la Terre. Allez vite, il est l'heure, dépêche-toi, ne les fais pas attendre.

Elle la poussa dehors, referma la porte. Le corps secoué de tremblements, Jeanne se retrouva devant le médecin. Voûté, les poings enfoncés dans ses poches, il la regardait, le bâton de sucette à la bouche.

— Vous essayez d'arrêter de fumer ? demanda-t-elle en enjambant les lézardes, dans sa voix.

— Non, j'ai fini ma sucette, répondit-il avec cette chaleur lugubre qui ne déplaçait pas une ride sur son visage. Je suis un traitement antidépressif et j'ai besoin de sucre.

— Vous... vous êtes malade ? demanda-t-elle avec un immense soupçon, causé par la névrose de Clémence : cette vieille histoire des fous qui se mutinent en enfermant leurs médecins qui, du coup, deviennent dingues à leur place.

— Je ne suis pas malade, non. J'ai ma mère en train de claquer, mon fils volontaire au Liban, ma femme dans le lit de mon patron, mais physiquement je me porte d'une manière admirable. A part les dix kilos en deux ans, à cause du sucre. Comment s'appelle-t-il ? enchaîna-t-il en soulevant légèrement le *vanity cat*.

— Mathélem. C'est une siamoise. Elle l'avait offerte à Guillaume pour le sortir de ses études.

— Vous avez bien fait de mourir. Elle était seule.

— Mais... elle est tout le temps comme ça ?

— Non. Parfois elle ressuscite.

— Et alors ?

— On l'endort.

Jeanne fit trois pas, la tête dans les mains, tira ses joues et regarda à nouveau le médecin.

— Vous ne croyez pas qu'elle fait semblant ?

— Parfois. Elle fait semblant de simuler.

Il posa une main sur son épaule, lourde, puissante et douce à la fois, qui lui fit monter un sanglot.

— Ce n'est rien, mon petit. Elle n'est pas malheureuse. C'était même sans doute la seule thérapie raisonnable, pour elle. Vous savez comment on appelait les fous, chez les Phéniciens ? Un mot qui signifie « ceux qui se soignent tout seuls ». Nous, nous disons « aliénés », du latin *alienus,* « qui appartient à un autre ». Ça résume toute une civilisation, une civilisation de cons. Vous aimez les Romains, vous ?

— Non. Enfin, je ne sais pas, je ne connais pas.

— Vous gagnez du temps. Une race de légistes à vue courte, de soldats sans clairons, de décadents sans chic. Ils m'emmerdent. Les Grecs étaient bien. Ils écrivaient du théâtre. Les autres écrivaient des versions. Pour dire bonjour, en latin, on dit « porte-toi bien ». Les Grecs disaient « réjouis-toi ».

L'odeur de tabac sucré se mêlait à la voix grave, poussant le cynisme de mot en mot sur un ton affligé, mais pas dupe. Une main lourde sur son épaule, dans les digressions lapidaires d'un cocu dépressif, Jeanne se sentait en sécurité. Pour la première fois de sa vie, peut-être. Ils arrivèrent au bout du couloir.

— Ascenseur ou escalier ? proposa le médecin.

Elle haussa les épaules, il retira sa main.

— Ascenseur, trancha-t-il. Dans l'escalier, on croise des gens, on dit pardon, merci, on s'efface, on s'emmerde pour rien. Dans l'ascenseur on pousse du cul ceux qui s'y trouvent déjà, on appuie et on ressort. Tant qu'à vivre dans un monde de Romains, autant y aller à fond.

Il déverrouilla l'ascenseur avec sa clé, lui tint la porte. La cabine était vide.

— Rez-de-chaussée ou rez-de-jardin ?

— Je ne sais pas. Quel est le bon ?

— Ça dépend. A pied : rez-de-chaussée ; garé au parking : rez-de-jardin. Bon, j'appuie, sinon on va se retrouver au septième.

Il pressa le bouton RDJ, puis lui rendit la valise du chat.

— Vous... partez ? demanda-t-elle.

— Ce n'est pas une caserne. On a quand même une vie privée. Je veux dire : on dort ailleurs.

Elle avait retrouvé au bout de son bras un poids, une réalité, une impatience.

— Sage, murmura-t-elle à la siamoise, pour se raccrocher à la vie, à travers le grillage.

Le médecin fit tomber son bâton de sucette dans la cage d'ascenseur, par la fente à ses pieds, en disant « quarante-cinq ».

— Si c'était rez-de-chaussée, reprit-il après trois secondes, c'est trop tard, il faudra remonter.

— Vous pourriez me déposer à un taxi ?

— Où allez-vous ?

— Je ne sais pas.

— Et ça vous avancera ?

La cabine s'arrêta dans un bruit mat. Ils se regardèrent. Une femme pressée ouvrit la porte, demanda s'ils sortaient ou s'ils remontaient.

— On va prendre l'escalier, lui répondit-il sur un ton conciliant.

Et quand ils furent dans le parking, il précisa :

— Ma femme.

— Ah ! dit Jeanne, prête à bondir sur le moindre fait concret pour sortir du cauchemar de Clémence. Elle travaille ici ?

— Si vous connaissiez la tête de mon patron, vous comprendriez qu'on ne peut coucher avec lui que pour des raisons pratiques.

Il ouvrit la portière d'une BMW bordeaux.

— Elle est anesthésiste. C'est elle qui renvoie votre grand-mère chez les morts.

— Ce n'est pas ma grand-mère, dit Jeanne.

— Elle ne sortira plus. Mais il n'y a aucune raison que son état empire.

Jeanne repoussa violemment la portière qu'il allait fermer, cria que c'était dégueulasse, qu'on n'avait pas le droit de la séquestrer, qu'elle n'était pas dangereuse.

— Ce sont les autres qui sont dangereux pour elle, Jeanne. Ici, nous arrivons à l'aider, à la convaincre la plupart du temps qu'ils n'existent pas. C'est elle ou eux, vous comprenez ? Et c'est une femme formidable, c'est la plus belle lumière que j'aie vue dans un visage, je ne veux pas qu'on nous la tue, Jeanne.

Le visage de Jeanne se plissa, se froissa de l'intérieur sous l'effet d'un bonheur incompréhensible : cet homme avait prononcé son nom, deux fois, comme elle ne l'avait jamais entendu ; il avait dit « nous », et pas pour la tirer vers lui, pour la protéger des autres. Pour *les* protéger, Clémence et elle.

— Dites-vous bien que la folie n'est pas la fin de quelque chose, Jeanne, pas chez elle. Elle continue sa partition, mais simplement, elle a changé d'instrument.

Il ferma la portière, vint s'asseoir au volant, démarra.

— Je pourrai revenir la voir ?

— Si vous en avez besoin, vous. Mais ce n'est pas utile. Je pense que votre visite fera partie de son univers, chaque jour ; le temps n'existe plus pour elle. Ça ne doit pas vous empêcher de vivre. J'aimerais qu'un jour vous soyez une vieille dame comme elle.

La voiture remonta la rampe du parking, s'engagea dans le trafic de Chambéry. Ils n'échangèrent plus un mot. Leur silence luttait contre le bruit des autos, la traversée des piétons, l'existence des autres. A chaque feu qui passait au vert, Jeanne comptait dix francs qu'elle envoyait à Clémence. Elle n'avait plus de colère. Elle n'avait plus de regrets. Elle n'avait plus de honte. Cet homme était magique.

Il arrêta la BMW à cheval sur le trottoir, au bas d'un immeuble neuf.

— Je voudrais monter chez vous.

— Au point où j'en suis, laissa-t-il tomber, pourquoi pas.

Ce cynisme éteint n'était peut-être pas de la pudeur, cela pouvait être simplement une attitude, une manière de draguer habituelle, mais Jeanne s'en fichait. Elle sentait qu'elle aurait trop mal, privée soudain de cette voix monotone, qui enfonçait tous les mots dans un sentiment d'inimportance si doux.

L'appartement était moderne, banal, sans vie. Seul un fouillis entassé à la va-vite dans des placards fermés par des ficelles indiquait le passé, l'essai d'oubli, la colère ou l'amour pas mort. Sur les divans bas, sur la moquette lisse, sur les tables nues, sur les murs blancs, il n'y avait rien où poser les yeux. Ils les fermèrent et collèrent leur bouche l'une à l'autre, sentant leurs lèvres aussi sèches, leurs langues aussi immobiles, leur absence de désir, leur envie d'abandon. Le jour baissa, ils étaient toujours debout, se caressant sans y penser, fondus dans la chaleur de leurs corps, s'abîmant dans l'odeur de l'autre : le tabac sucré à la pointe de réglisse sur la veste à chevrons, le souvenir d'un feu sur la robe d'autrefois.

— C'était du hêtre, murmura-t-il.

— C'est de l'amsterdamer, dit-elle doucement.

Ils se serrèrent un peu plus, d'avoir reconnu leurs parfums ; lui qui ne faisait plus jamais de feu, elle qui n'avait su l'odeur d'un tabac que dans une Rover morte. Il n'y avait plus rien à dire. Ils étaient faits pour se tenir enlacés, en cet instant, sans but, sans heures, sans parler de sentiments ; ils allaient faire l'amour, parce que ce moment les réconciliait avec la vie, leur ressemblait enfin, les vengeait calmement de leurs drames sans prises, et ils n'allaient rien interrompre, ne briseraient plus rien.

— Attends, dit-il.

Il alla vers le vestibule, ouvrit le *vanity* de Mathélem qui jaillit d'un bond souple pour se glisser dans la cuisine. Il la suivit, prit une bassine dans l'évier, la posa par terre, alluma une plaque électrique.

— J'ai de l'engrais en granulés et du bourguignon, ça ira, tu crois ?

— Bien sûr.

Il vida le sac de granulés blancs dans la bassine, en guise de litière, versa une boîte de William-Saurin dans la casserole qui chauffait. La siamoise gratta avec entrain tout autour de sa caisse improvisée, fit pipi, regratta, nettoya son assiette de bourguignon fumant, puis alla les rejoindre et s'endormit en boule sous la couette où ils faisaient l'amour.

Quand il entra en elle, Jeanne vit la silhouette de Guillaume, la Rover bondissant enflammée de rocher en rocher, se referma et lui dit les images, l'émotion, le rire, l'horreur ; elle lui dit tout, pour le ramener à elle, ne pas rejoindre ses fantômes dans le plaisir, ne pas le quitter s'il la faisait jouir. Il l'écouta, l'apaisa, se calma en elle, changea la douleur tiraillante en présence attentive, patiente, houleuse. Elle ne bougeait pas, se livrait à son poids, son mouvement, ses allongements retombant en douceur qui lui rappelaient l'*overdrive* de la Rover, et puis elle ne parla plus, parce qu'elle n'était plus ailleurs ; elle était avec lui, le sentait, le suivait, laissait monter en elle un courant qu'elle connaissait sans l'avoir jamais ressenti. Elle cria, enfouie dans son cou, désarticulée, les bras fous, ne sut s'il l'avait rejointe. Il resta en elle, tandis qu'elle retrouvait sa respiration dans leur sueur, elle lui caressa les cheveux, pensa je vous aime avec les yeux, il acquiesça des paupières.

— Parle, encore, murmura-t-il.

Toute l'enfance de Jeanne revint entre eux, sans douleur, sans triche ; elle lui donnait toutes ses clés et elle était partie. La petite fille à l'harmonium, aux pères choisis, aux bobines de films était morte, enfin, pour pouvoir ressusciter. Ce que Jeanne revivait, c'était un rôle. Elle n'avait plus mal. Les êtres qu'elle avait perdus ou qu'elle allait perdre étaient là, parce qu'elle les faisait revivre, de l'intérieur, prenait leur voix, leurs sentiments, donnait des raisons à leurs lâchetés, des excuses à leur indifférence, des arrière-pensées à leur bonté, et tout avait un sens.

A l'aube, transportée, le plaisir et la victoire des mots scellés par le sommeil qu'ils avaient partagé, elle se désunit, sans le réveiller, courut sans bruit à la salle de bains pour écrire sur le miroir, au dentifrice :

> *Vous êtes une merveille, ne cherchez jamais à me revoir. Vous m'avez fait le plus beau des cadeaux : je sais pourquoi je suis sur terre. A moi de jouer, maintenant. Merci, François, Bernard, Christian, Pierre ? Je ne sais pas qui vous êtes, mais je ne vous oublierai jamais.*

Elle usa deux tubes, puis cavala en silence dans l'appartement, à la poursuite de Mathélem qui ne voulait rien savoir, mais qui eut la gentillesse, une fois bouclée dans sa valise, de ne pas miauler. Jeanne retourna à la salle de bains. En bas du miroir, il y avait écrit, avec un autre dentifrice, rouge et vert :

> *Moi non plus.*

Le cœur soulevé, elle se retourna. Il était à la même place, le nez dans l'oreiller, la respiration régulière. Ses vêtements sous un bras, Mathélem dans l'autre main, Jeanne quitta l'appartement, s'habilla dans l'ascenseur, sortit sur l'avenue déserte, pleurant d'un bonheur qu'elle n'aurait jamais cru possible et qu'elle n'essaierait jamais de recopier, de singer avec un amant, elle le jurait : ça ne regarderait qu'elle, et elle ne verrait rien d'autre. C'était son bonheur et ce serait sa vie.

Un camion la prit en stop, un Italien, c'était parfait ; ils ne se comprenaient pas et ils se turent sans gêne. A six heures et demie, elle tapait au presbytère de Chavignin, et il n'y eut pas de réponse. Elle traversa le village endormi, passa devant les décombres de la chapelle, entourés d'une bande fluorescente qui se tortillait sur les piquets rouillés. Deux poutres se dressaient vers le ciel, croisées, brisées net. A la hauteur du château rose, Jeanne eut le temps d'apercevoir la flèche d'une grue, derrière le mur, détourna les yeux, ne vit pas le reste.

Le père Miko dormait au ciné-club, dans sa cabine. Avec un claquement de pellicule, toutes les trois secondes, une bobine tournait sur le projecteur. Le couvercle en fer rond, par terre, portait l'étiquette : *les Charlots contre Dracula*.

— Même ça, ils ne viennent plus voir, bougonna-t-il en se redressant dans son siège, décollant sa soutane du dossier. Jeanne. Mon Dieu, Jeanne, pourquoi es-tu revenue ?

Les rides avaient molli, la coiffure de page se clairsemait, le pli amer de la bouche était devenu une boursouflure. Même cette voix plaintive, ce ton pâteux, ces poils blancs sur les joues, cette soutane qui ne renfermait presque plus rien ne pouvaient tiédir l'exaltation de Jeanne.

— Miko, dit-elle en lui prenant les mains, il faut que tu m'aides.

— Je suis à la retraite, répliqua-t-il. Un curé sans église, à mon âge, comment veux-tu que ça se recase ? Et puis, c'est mieux comme ça. Je vais crever un soir en projetant un film que personne ne sera venu voir, et ça fera un écho rigolo dans le journal. Va-t'en, tu n'es plus d'ici. C'est devenu trop moche. Trop vieux, trop neuf. Ils ont rasé chez Clémence, ils font un golf chez Madeleine. Va-t'en, si tu veux garder quelque chose.

— Miko ! insista-t-elle en le faisant lever, avec un entrain boudeur. Je suis venue te voir pour partir, justement. J'ai besoin de toi.

Il redressa la tête, recula d'un pas pour regarder cette presque-femme dans une robe de grand-mère, rayonnante de joie, de défi, de certitude.

— Tu as changé, toi aussi, articula-t-il avec résignation.

Elle lui prit le visage entre ses mains, pour le faire taire et, discrètement, remonter ses traits vers les oreilles, le rajeunir, le faire revenir à soi, lui rendre ses pouvoirs.

— Miko, je sais ce que je veux : être actrice. Être plusieurs, tout le temps. Pas pour me fuir : pour me chercher dans les autres, et les trouver en moi. Donner du plaisir, parce que je porte malheur, je le sais : regarde-toi. Je suis née avec la mort, et je l'apporte partout ; le seul moyen de m'en sortir, c'est de vivre la vie des autres. Tu comprends ?

— Bien sûr, pleura-t-il dans un sourire, qu'elle accentua entre ses paumes.

— Alors donne-moi des adresses, à Paris ; tu connais tout le monde. Le reste, je me débrouille.

Il lui prit les poignets, lui abaissa les mains, et les traits de son visage ne redescendirent pas. Un crayon, un papier : il bondit à sa table, envoya dinguer les bobines et les rouleaux de scotch.

— Bon, y a Poscarelli, d'abord : c'est le plus grand professeur, il a tout appris à Gabin. 40, rue de la Pompe. Téléphone : Passy 11-24. Enfin, ce n'est plus « Passy », ils ont mis des chiffres à la place, tu vérifieras. Va voir aussi mon copain Le Plounach, à Bobino, il est régisseur et il te mettra sur des coups. Ensuite Meyerbaum, le producteur, Francia-Films. 77, Champs-Élysées. Un gros cochon, méfie-toi ; cela dit, il a un flair incroyable. On comprend un mot sur deux, mais ça suffit pour que tu apprennes tout du métier. Rappelle-lui qu'on s'est connus en 52, j'étais aumônier sur *Débrouille-toi, Valentin ;* après on a fait *Napoléon et Joséphine* — non, n'en parle pas : un bide. Bon, ensuite — enfin, avant — première chose : tu vas voir Maguy Londres, c'est la plus grande imprésario, la reine de Paris. Si tu lui plais, c'est gagné. Fais-lui la tirade d'Agnès que je t'ai apprise : « J'étais sur le balcon à travailler au frais... » Je te mets aussi le téléphone d'Autant-Lara et de Marcel Carné. Engueule-le, Marcel : je l'ai invité vingt fois pour lui faire une rétrospective, il m'a répondu qu'il était pris. Remarque, tant mieux : c'est bon signe. Tu peux envoyer un petit mot à Jean Marais, aussi, nous sommes en froid depuis 54, mais il pourra te donner des conseils, s'il n'est pas en train de faire de la poterie. Il y a aussi Claude-Henri Plat, très important, l'ami d'Aragon : un poète un peu moderne, mais très puissant dans les dîners : une langue de vipère. Il peut te rendre indispensable en trois jours, chez tous les gens qui comptent. Si tu as le temps, téléphone à Arletty, ça lui fera plaisir. Quand veux-tu partir ?

— Aujourd'hui.

— Ils ont mis un avion à 8 h 40, un énorme : je suis sûr que c'est lui qui m'a fait tomber la chapelle. Il me doit bien ça. Tu as une valise ?

— J'ai Mathélem, dit Jeanne en soulevant son *vanity* rouge.

— Viens, on va réveiller Mac.

Ils sortirent dans le petit jour, bras dessus, bras dessous, comme avant, comme toujours. Les premiers passants se retournaient, ahuris, sur le couple reformé sans vergogne : le demi-clochard en soutane et la honte du village.

— Tu as des poches ? demanda Miko.

Il lui glissa une enveloppe de billets ; c'était son dernier Denier du culte. Elle l'embrassa sous l'oreille.

— S'ils savaient à qui va leur fric, gloussa le curé.

— J'ai si mauvaise réputation ?

— Pire. Tu as tué Guillaume, tu as rendu folle Clémence, envoyé Madeleine au mouroir, écrasé quarante bons chrétiens sous le plafond de la chapelle.

— C'est vrai, d'ailleurs, dit-elle sans gravité.

— Mais ce n'était pas ta faute, hein ? envoya-t-il avec un coup de menton martial.

— Ben non. Et puis c'est fini.

— Exactement.

Ils se serrèrent un peu plus fort, grimpèrent à Super-Chavignin par la navette. Mac-Bugnard nettoyait son Formica jaune, dans l'odeur des premiers pains au sésame. Ils dévorèrent à bouche juteuse et doigts gluants un Big-paupiettes, une Cheese-truite, un *milk-shake* au marc de Savoie, tandis que le restaurateur, inchangé, déjà rond, parfait pour alléger l'émotion des départs, faisait chauffer sa 2 CV camionnette en beuglant une chanson des rizières.

Il les conduisit, tournant son volant en mesure, d'éraflures de rocher en caresses au précipice, jusqu'à l'aérodrome du Pas-de-l'Ours. Là, il resta au volant, chanson coincée : il ne voulait plus voir un avion, depuis l'Indochine. Après avoir embrassé Jeanne, il lui remit, dans un carton à chaussures, ce qu'il restait des porcelaines de Monsieur, frère du Roi, avec un tube de colle, « des fois qu'à Paris ça vaudrait quelque chose ».

Miko paya le billet, puis grimpa sur la terrasse de l'aérogare en préfabriqué, agita sa main vingt minutes, grisé par le ronflement des réacteurs. Dans sa vie, il avait tout raté, mais il aurait au moins réussi quelqu'un. C'était son ambassadrice, qui partait lui reconquérir Paris. Elle avait dix-huit ans, elle était belle, violente, sûre de soi ; elle n'allait peut-être pas trouver le bonheur, en tout cas elle ne le chercherait pas, mais elle ferait un malheur. Va, cours, vole et me remplace. Maintenant, il pouvait mourir.

VII

Tout se gâta très vite. A l'enregistrement, l'employée décréta que Mathélem devait voyager dans la soute, parce que la compagnie, afin de faciliter l'embarquement, avait donné des numéros de siège aux trois pelés qui se pressaient devant le comptoir, et la chatte se serait retrouvée placée entre un yorkshire et un bébé qui, eux, voyageaient en cabine parce qu'ils étaient arrivés avant. Jeanne fit observer qu'on n'avait qu'à la changer de place, mais ce n'était pas possible car l'ordinateur était en panne, et l'employée n'avait pas qualité pour raturer le billet. Mathélem quitta sa valise rouge pour entrer dans un panier réglementaire, qui s'éloigna sur le tapis roulant.

Les nerfs en boule, Jeanne se rendit à l'embarquement, balançant le *vanity cat* au bout de son bras, et on lui fit des difficultés au contrôle de police parce qu'il est inhabituel de voyager avec un bagage vide. Dans l'avion quasiment désert, on la coinça entre le bébé qui braillait et le yorkshire asthmatique, dont les propriétaires, deux dames à carreaux, se faisaient la conversation par-dessus son épaule. Il est sage, elle est belle, non c'est un garçon, moi c'est une fille. Jeanne se leva dès le décollage et alla s'installer deux rangs plus loin, sous les protestations de l'hôtesse qui disait que c'était plus compliqué pour le service. On ne servit rien. Jeanne s'endormit, les doigts serrés sur les porcelaines de Clémence.

A Orly, l'attente recommença aux bagages. Sous le tableau d'affichage, le volet restait baissé. Le tapis roulait, à vide. Les passagers tapotaient sur leur chariot, tournaient en rond, cognaient au volet, regardaient l'heure. Au bout d'un moment, une voix chargée d'angoisse contenue souffla dans le haut-parleur que la personne qui avait un animal en soute sur le vol 915 était priée de se présenter d'urgence au contrôle.

Trois voitures de pompiers et des hommes en blouse blanche armés de fusils à flèches entouraient l'avion, sous lequel une immense cage en fer était entrebâillée. Une échelle s'appuyait contre la trappe de la soute et un pompier était juché dessus. Avec une affliction compétente, le responsable des opérations expliqua à Jeanne qu'apparemment le panier s'était ouvert pendant le vol; l'animal avait roulé dans la soute, s'était sans doute assommé et sa tête était présentement coincée entre deux crans de sécurité. On avait pu déverrouiller, le pompier avait glissé un œil par la fente et constaté que si l'on continuait à tourner le volant d'ouverture, on décapitait le chat. Jeanne se mit à hurler en cramponnant les uniformes, jura d'ameuter la SPA et de ruiner la compagnie aérienne, s'ils tentaient d'ouvrir la trappe, d'assassiner tout ce qui restait de Guillaume : ils n'avaient qu'à découper la tôle au chalumeau tout autour de la siamoise, et voilà.

— C'est une siamoise ? s'effraya le gros pompier sur l'échelle, en descendant d'un barreau.

L'agitation courait dans l'attroupement, chacun se renvoyant la responsabilité du problème et la fureur de Jeanne. Un mécanicien au sol, un peu plus malin, apporta une baguette télescopique au bout d'un tuyau d'arrosage, qui servait à nettoyer les hublots. Guidé par l'œil du pompier dans la fente, il arrosa l'animal à plein jet pour dégager sa tête du mécanisme. Sitôt la trappe ouverte, Mathélem bondit pour s'écraser contre Jeanne, griffes plantées dans ses épaules et son ventre. La compagnie offrit le taxi en dédommagement à la passagère sinistrée.

Ne sachant où aller, et la position de Mathélem accrochée en cataplasme ne favorisant ni la marche ni la quête d'une chambre, Jeanne garda le taxi quatre heures et visita Paris, sous une pluie fine de monument aux morts qui s'accordait à son humeur. Le chauffeur, un Coréen, était ravi de cette course buissonnière qui lui permettait de découvrir la capitale. Il lisait tout haut le nom des rues, demandait à Jeanne qui étaient Paul Doumer, la Concorde et Sébastopol. Jeanne répondait n'importe quoi, très convaincante, sans en faire trop. Elle s'exerçait.

Au milieu de l'après-midi, elle se fit déposer devant le palace le plus luxueux qui était passé sous ses yeux, rue François-Ier, près des Champs-Élysées. Le long de la façade stationnaient douze Rolls-Royce aux chauffeurs désœuvrés, bras croisés, le cul appuyé sur l'aile, vêtus d'une livrée assortie au velours grenat qui cachait aux passants l'intérieur de l'hôtel. C'était un repaire d'émirs, de fêtards suisses et d'Africains au sommet, où l'on prit

Jeanne pour une call-girl avec ses accessoires. Le réceptionniste, croque-mort doré dans un décor de daim noir et chromes, consulta son registre à la recherche d'un client zoophile intéressé par ses prestations, et dit « certainement, madame ».

— Qu'est-ce que vous avez de plus cher, comme chambre ?

Le fournisseur de mille et une nuits se rembrunit entre ses favoris dignes. Le client auquel il avait mentalement affecté la femme-chat était un ministre de la Culture noir, dont la solvabilité pouvait être compromise d'un instant à l'autre par un coup d'État militaire. Il fut rassuré lorsque Jeanne sortit une enveloppe au craquement suggestif.

— Je puis vous proposer notre suite Amphitrite, à huit mille francs.

Jeanne vida son enveloppe de papier kraft, compta la somme que lui avait donnée le père Miko. Ce fut un peu long, car les paroissiens avaient mis beaucoup de billets de vingt francs. Un peu échaudé par ce déballage de menue monnaie, confondant le Denier du culte avec le fruit d'une journée de passes, le réceptionniste attendit la fin de l'opération en tournant la bille de son stylo sur une page blanche.

— Huit mille neuf cent cinquante-quatre francs et vingt centimes, annonça Jeanne.

— Il n'y a aucune urgence, madame.

— Si. Justement.

Elle poussa vers lui le tas d'argent. Elle voulait miser sur elle. Tout dépenser en une fois, pour conserver l'urgence de sa vocation, n'avoir aucune possibilité de repli.

— Sur les neuf cent cinquante-quatre francs, vous me prendrez tous les journaux de Paris, prévoyez aussi ceux de demain matin, je les veux avant huit heures. Montez-moi à dîner dans vingt minutes. Champagne, saumon fumé avec des toasts et un kiwi.

— Bien, madame. Vos bagages sont-ils… ?

— Ils sont là, dit-elle en montrant le *vanity cat,* où elle avait rangé ses porcelaines. Je veux un antiquaire, aussi.

— Un…

— Un expert, avec de l'argent comptant. J'ai des choses à vendre. Mais prévenez-le, c'est du Sèvres.

Le réceptionniste comprit qu'il s'agissait d'un langage codé et hocha gravement la tête.

— Un expert, mais… précautionneux, récapitula-t-il.

— Voilà.

— Désirez-vous sa visite après le dîner ?

— Très bien.

— Quand madame dit « un antiquaire »… fait-elle référence à une période en particulier ?

— Monsieur, frère du Roi.

— Frère du Roi, répéta l'homme pour graver l'indication dans sa tête.

— Et je fournis la colle.

Elle prit la clé sur le comptoir, alla choisir des produits de maquillage à la boutique, puis se dirigea vers l'ascenseur, monta seule. La suite Amphitrite ouvrait sur un salon rond, colonial, meublé en cannage laqué, desservant une chambre aux murs de soie lilas, où le sommier, encastré dans le sol, mettait les draps au niveau de la moquette. Une pression sur un bouton de nacre faisait remonter le tout, électriquement, pour les rhumatisants. Un autre bouton provoquait l'ouverture d'une paroi en plexiglas fumé qui ceinturait une piscine à l'eau violette, flanquée d'un ange au pipi commandé par une cellule photo-électrique, lorsqu'on descendait les marches. Un système moussant se déclenchait alors dans un ronron feutré, tandis que tournait une lumière douce dans le remous du jacuzzi. Jeanne dut réciter trois fois sa tirade d'Agnès dans *l'École des femmes* pour que Mathélem, apaisée par sa voix, consentît à se détacher d'elle.

Lorsque le *room service* s'annonça, vingt minutes plus tard, la siamoise grimpa sur une armoire et n'en bougea plus. Jeanne dîna dans l'eau, sur un plateau à flotteurs. Le champagne était quelconque. Elle leva son verre à Clémence, lui jura que, dans un mois, elle aurait les moyens de ne plus boire que du Dom Pérignon, comme autrefois dans leurs Boeing de noces. Elle n'avait aucune idée précise de ce qu'elle allait entreprendre, aucun plan : elle n'avait qu'une certitude, celle d'être faite pour ce qu'elle voulait. Le reste, ce serait une question de temps.

Elle s'arracha aux tourbillons violets qui lui donnaient mal au cœur, lança le saumon en lambeaux à Mathélem couchée au sommet de l'armoire et se rhabilla. Les bretelles de sa robe de grand-mère cachaient à peine la trace des griffes, les pattes arrière avaient fait deux trous au-dessus de la ceinture, et les dentelles commençaient à être vraiment légères pour la saison. Raison de plus pour aller vite. Elle ne se changerait pas avant d'avoir décroché un rôle, trouvé une place dans un cours de comédie ou enthousiasmé un imprésario. Elle ne doutait de rien. Elle ne pouvait pas se le permettre.

Dans les annonces du *Figaro,* elle entoura un studio, 34 m^2, rue d'Orchampt, cent quatre-vingt mille francs. Elle vit sur le plan que c'était vers le haut de la butte Montmartre, aima le dessin bleu de la ruelle droite, à demi cachée par les ailes au format touristique du moulin de la Galette, téléphona, prit rendez-vous pour le lendemain, en précisant qu'elle paierait comptant. Elle avait compris qu'on ne peut tuer l'ours que si l'on a déjà vendu sa peau. Elle ne voulait d'autre sécurité qu'un toit, un toit qui lui donnerait l'ombre de Clémence. Un toit de porcelaine.

A vingt et une heures, un garçon vint annoncer l'arrivée imminente de « Monsieur, frère du Roi ». Jeanne monta ses cheveux en chignon, pour la première fois de sa vie, et son visage fut à la mode de sa robe. Avec un rouge à lèvres fuchsia et du fard à paupières mauve, elle s'était ajouté dix ans. L'antiquaire entra deux minutes plus tard, sans frapper. Elle fut un peu surprise de voir un Noir, très vieux et très alerte, coiffé en vagues blanches, avec un bon sourire d'Oncle Ben's.

— *I don't speak english,* la prévint-il.

— Ça tombe bien, moi non plus.

Il sourit avec une avancée du menton, dans le doute. Elle lui offrit un verre de champagne, puis déballa les porcelaines de Clémence.

— Cent quatre-vingt mille francs, annonça-t-elle avec un mouvement de côté qui fit tomber une mèche de son chignon.

Le vieux Noir ôta sa veste, la posa sur le lit. Sans doute

sentait-il que la négociation serait rude. Il lui désigna un stylo et un bloc, posés sur la coiffeuse. Elle écrivit le chiffre. Il fronça les sourcils, prit une calculette dans sa poche, tapota la somme, convertit dans la monnaie de son pays, eut un soubresaut en regardant l'écran et se vrilla la tempe. Elle alla remballer ses porcelaines. Il exprima d'un stylo timide sa contre-proposition, en biffant deux zéros sur le bloc. Elle lui tendit sa veste. Il barra sa rature sur le dernier zéro, l'implora du regard. Elle le poussa vers la porte, calmement, le mit dehors et alla se coucher. La siamoise dans ses bras, elle effaça l'échec, dormit d'une traite et se réveilla gagnante, inconsciente et neuve, refit son maquillage d'adulte.

Lorsqu'elle arriva dans le hall, le réceptionniste lui glissa d'un air entendu :

— Je vous prie de m'excuser, madame, mais je me permets de vous informer qu'il vient d'y avoir un coup d'État au Niagombo.

Elle le regarda, étonnée, dit que c'était bien triste et resta sur sa réserve, tandis qu'il lui vantait, Dieu sait pourquoi, la stabilité saoudienne dans le domaine des antiquités.

Grimpant dans l'une des Rolls mises à la disposition de la clientèle, elle se fit conduire au Louvre des Antiquaires, rue de Rivoli, dont elle avait trouvé un prospectus dans l'ascenseur. Pendant une heure, elle arpenta avec ses porcelaines les allées interminables dans le ronron des escalators, d'une boutique à l'autre, essuyant des sourires narquois, jusqu'au moment où une dame replète coincée parmi des pendules et des vases faillit s'évanouir en reconnaissant le service de Philippe d'Orléans, et cria au scandale devant les traces de colle. Jeanne dut réciter l'arbre généalogique de sa marraine, préciser le croisement des Freine avec les Orléans et décrire les collections saccagées par le sanglier, avant que la dame ne consentît enfin à ouvrir son chéquier.

— Ça vaut beaucoup plus cher, dit-elle.

— C'est le prix du studio que je veux acheter.

— Vous avez pensé aux droits, à l'assurance, à l'électricité, au chauffage ? Allez, j'arrondis à deux cent mille, et je fais une excellente affaire.

Jeanne détourna la tête, les larmes aux yeux, parce que Clémence, enfermée pour la vie à six cents kilomètres, continuait d'être magique, à travers un service ébréché.

*

Le propriétaire attendait dans le studio. Par la fenêtre, il avait vu la Rolls. Ils convinrent d'un rendez-vous chez le notaire la semaine suivante. Étant donné les circonstances, la jeune fille pouvait s'installer dès maintenant.

— Quelles circonstances ? demanda Jeanne.

Elle dévisageait l'homme pour la première fois. La cinquantaine relâchée, lunettes de grand couturier, veston clair et, toutes les vingt secondes, un geste expressif pour se masser la nuque, geste qui tenait moins à la volupté douloureuse de la réflexion qu'à l'habitude d'évacuer les pellicules de son col. Il eut un regard tournant, englobant le décor, la Rolls dans la rue et le corps de Jeanne. Elle sursauta.

— Dites donc, ce n'est pas moi qui suis à vendre.

Rougissant, il protesta que ce n'était pas ça du tout, qu'il était marié, père de famille, et qu'ils se trouvaient dans l'appartement de son père décédé le mois dernier. S'il acceptait de lui laisser les clés, c'était une marque de confiance, voilà tout. Pour qu'elle essaie l'appartement avant de l'acheter.

— J'habite en dessous, finit-il par avouer, détournant les yeux vers la pièce vide. Je n'arrive plus à dormir, la nuit. J'aimerais… j'aimerais qu'on marche sur ma tête.

Émue, elle accepta les clés, sauta sur l'occasion, lui demanda quel genre de semelles il souhaitait qu'elle portât.

— Des Hush-Puppies, murmura-t-il. Vous savez, ces chaussures en daim, un peu écrasées… C'est un gros chien triste qui en faisait la publicité, je crois. Mon père avait toujours ça aux pieds… Mais ma femme a tout donné à l'abbé Pierre. Je vous demande pardon de vous raconter ça. Je ne sais même pas si on en fabrique encore.

— Vous avez une photo de votre père ?

Jeanne passa le restant de la journée à écumer les marchands de chaussures, essayant trente paires avant de trouver la bonne, celle qu'elle *sentait* le mieux. C'était son premier rôle. Pour l'instant, jouer la comédie se résumait à faire craquer un parquet au-dessus d'un insomniaque, mais soigner quelqu'un qui a la même maladie que soi est le meilleur des remèdes. En lui rendant son père, la nuit, de pas en pas, sur trente-quatre mètres carrés, Jeanne oubliait le sien ; ses souvenirs se diluaient dans l'interprétation : elle composait une démarche d'après la photo d'un inconnu, entrait dans le personnage par les pieds, lui réinventait ses déplacements et improvisait d'après les réactions qu'elle prêtait à son public, à l'étage en dessous. Lorsque la femme du propriétaire n'en pouvait plus, vers trois heures du matin, elle attrapait un balai et tapait au plafond. Jeanne, alors, arrêtait le spectacle. Il serait toujours temps de revenir, un jour, à la tradition normale du théâtre, où les trois coups précèdent la représentation. En attendant de brûler les planches, elle chauffait le parquet.

— Vous avez été très bonne, hier soir, disait parfois son spectateur dans l'escalier.

Sa journée en était illuminée. Elle en avait bien besoin.

Le premier jour, après avoir trouvé l'accessoire idéal à son rôle, cette paire de Hush-Puppies qui lui donnait une démarche de baba retraitée, elle était allée faire la tournée des adresses de Miko. Bobino était devenu un parking, le producteur de cinéma s'était reconverti dans la pâtisserie industrielle, le professeur de diction Poscarelli, qui avait tout appris à Gabin, portait le numéro 230 sur son rond de serviette à Ris-Orangis, Marcel Carné était sur répondeur.

A midi, Jeanne déjeunait dans un restaurant où, d'après Miko, Arletty avait ses habitudes. En voyant entrer, un jour d'orage, la vieille dame aux lunettes fumées, apparition blanche et gris perle au bras d'un homme qui la guidait, Jeanne resta sans voix. Le serveur attendait la commande de cette jeune fille, qui avait un chat dans une valise avec qui, pour le huitième jour, elle allait partager son repas : terrine du chef et gâteau de riz. Elle lui tendit un bout de papier, qu'il alla porter à la table de Mlle Arletty. Son compagnon lui lut le billet, et l'actrice eut un rire clair, en cascade, fit un signe de la main, vers le haut. Jeanne croisa le regard du chevalier servant, qui inclina la tête, confirmant l'invitation. Alors, elle se leva, les jambes en coton, s'avança. Elle avait écrit sur la feuille : « Je voudrais être comédienne. Je suis jolie, mais c'est ce que voient les gens, ça ne m'intéresse pas. Dites-moi si j'ai quelque chose. Il n'y a que vous qui puissiez le voir. »

— Voilà cette jeune fille, mademoiselle, présenta l'homme.

Arletty chercha le poignet de Jeanne, y posa une main fraîche, tapota ses doigts et, de sa gaieté cristalline, lui conseilla de passer comme elle son diplôme de sténo. Elle verrait après, et ça serait toujours ça de pris. Le maître d'hôtel vint dire qu'aujourd'hui, il y avait du gigot. Jeanne quitta le restaurant, la tête basse. Le chat n'avait jamais pesé aussi lourd dans sa valise. Elle aurait tout abandonné, là, dans l'instant, pour se garder un coin de rêve, si elle n'avait obtenu le matin même un rendez-vous avec Maguy Londres, la plus grande imprésario de Paris. Au téléphone, le nom du père Mikhaïlovitch avait déclenché un éclat de rire.

— Non, c'est Nicolas qui vous envoie ? Le petit blond, l'aumônier des artistes ? La dernière fois que je l'ai vu, c'est chez Colette, au Palais-Royal ; il m'a traitée de tout parce que ma voiture avait crevé en route, vous connaissez les Panhard. On est arrivés trop tard : le curé de Saint-Roch lui avait chipé l'extrême-onction. Ah ! Nicolas.

C'était un sacré zèbre. Il doit être mort depuis longtemps.

— Non, non, dit Jeanne.

— Le pauvre, soupira la voix de l'imprésario.

Il y eut un blanc au téléphone. Jeanne s'empressa de demander :

— Colette... Vous voulez dire l'écrivain ?

— Non, le mime. Enfin, oui, elle écrivait aussi, oui, mais elle était chez nous comme mime. Je vous montrerai des photos, quand elle faisait la momie dans *Rêve d'Égypte*. Ah ! si elle avait voulu, elle aurait pu faire une carrière prodigieuse. Mais toujours avec ses bouquins... Venez demain à onze heures, mon petit, je vous recevrai entre deux rendez-vous.

Le lendemain, Jeanne sonna au premier étage d'un ancien hôtel particulier de la rue de Seine. Une vieille dame effacée vint lui ouvrir, l'introduisit dans un bureau encombré de piles de photos qui s'écroulaient et de dossiers entourés de ficelles. Dans un grand fauteuil en bois tarabiscoté, dont le dossier dépassait sa tête d'un mètre, Maguy Londres téléphonait. Elle avait un petit chapeau rond, des lunettes de fer, une robe noire d'ouvreuse, un capuchon de Bic fiché au coin des lèvres.

— Tu es folle ? disait-elle. Dès la fin de ton film, je t'envoie dix jours à Vittel, pour que tu prépares Cannes. Il faut que tu me perdes trois kilos ! Oui, qu'est-ce que c'est ? lança-t-elle soudain avec impatience, levant le combiné à bout de bras, comme la pomme d'une douche.

— Je suis Jeanne Brun. Je vous ai appelée hier, de la part du père Nicolas...

— Vous voyez bien que je suis avec New York,

répondit l'imprésario. Repassez, mon petit, repassez, ou laissez votre photo.

— Je... je n'en ai pas.

— Eh bien faites-en. Tu es là ? dit-elle en reprenant sa communication. Écoute, oublie-moi ce scénario, et ne t'inquiète pas pour l'Oscar : tu es la seule en course.

Jeanne sortit à reculons. L'autre dame lui tenait déjà la porte d'entrée, avec un air désolé. Elle avait la même robe, la même taille que Maguy Londres. Jeanne se dit que c'était peut-être sa fille, ou sa sœur cadette. Elle passa sur le palier, entendit le cliquetis de la serrure et se retourna, dans un élan rageur, prit dans son porte-monnaie sa carte d'identité, en arracha le Photomaton et sonna. La dame ouvrit, avec le même sourire accueillant que tout à l'heure, qui ne s'effaça pas lorsqu'elle reconnut la visiteuse. Jeanne traversa le vestibule où bâillaient de vieilles affiches de films, et tapa à la porte vitrée de Maguy Londres. Le rideau bougeait doucement sous un courant d'air, contre les petits carreaux.

— Pour le contrat avec les Italiens ? Mais tu perds la tête ! Même Marguerite Moreno n'a jamais demandé ce prix-là !

Jeanne laissa doucement sa main retomber de la poignée de la porte. Le bois était entaillé en rond, dans le chambranle, pour permettre le passage du fil de téléphone, qui disparaissait sous le velours couvrant un guéridon, ressortait au pied de la prise. La fiche n'était pas branchée.

Jeanne s'en alla, avec à peine un regard pour l'air désolé de la dame qui lui tenait la porte ouverte. Elle abandonna sa photo dans l'eau du caniveau qui l'emporta. Il ne restait qu'une adresse, sur la feuille donnée par Miko, où s'alignaient maintenant les noms rayés au feutre, comme sur la liste d'un tueur à gages. C'était Claude-Henri Plat, l'ami d'Aragon. Une voix souffreteuse à qui le nom du curé ne disait plus rien, mais qui donna tout de même un rendez-vous à Jeanne, pièce 43-10, à France-Culture.

Se protégeant déjà d'une désillusion supplémentaire, Jeanne erra sans y croire une demi-heure le long des couloirs incurvés de la Maison de la Radio, butant dans le revêtement en pastilles de plastique qui pochait devant les portes, dont les numéros cessaient de se suivre à chaque palier pare-feu. Elle finit par trouver, dans un placard insonorisé, Claude-Henri Plat qui enregistrait *Nuit poétique*, son émission d'un quart d'heure diffusée chaque soir à 23 h 30. Un casque autour du cou, la poitrine creuse, tout en os et en dents, les yeux rétrécis derrière des lunettes en hublots, l'ami d'Aragon lisait devant son micro, en se tortillant lentement comme un serpent charmé par la flûte d'un fakir.

— Source de vie, plénitude éternelle de l'arbre en fût, toi qui, zébrure infinie à la mémoire de l'homme, me penses et m'attends, spirale du temps.

Claude-Henri Plat leva son bras au ralenti et déplia ses doigts vers le technicien derrière la vitre, qui tourna un bouton. On entendit des froissements de tôle ondulée, des gouttes tombant dans de l'eau et trois coups de marteau sur une scie, qui étaient l'indicatif de l'émission.

— Veuillez entendre à présent, enchaîna le poète, *Pluriel et Singulier*, le forum nocturne de Paule Schadoff.

Une lumière rouge s'éteignit sur le mur, Claude-Henri

Plat ôta son casque et lissa du plat des deux mains ses épis blancs qui se redressèrent. Jeanne toussa, se présenta, et, sans lui laisser le temps de formuler les conseils de prudence et les vérités dissuasives auxquels il se sentirait tenu, elle lui exposa que le rêve de sa vie était d'interpréter des rôles à la radio. Vos poèmes sont admirables, ajouta-t-elle. Claude-Henri Plat hocha la tête, gravement, et tressaillit lorsqu'elle éternua.

— Recommencez, dit-il.

Elle n'eut aucun mal, car l'haleine du poète, qui puait le sirop pour la toux, lui donnait une allergie. D'un mouvement tournant de l'index, Claude-Henri Plat, les yeux fermés, l'invita à reproduire le bruit à trois reprises.

— Je ne sais plus ce que cela m'évoque. Un claquement de fouet, une chaise en fer qui sous l'orage tombe dans un square... Vous avez un excellent métallique. Vous savez faire le train ?

Quelque chose se pinça dans le ventre de Jeanne. Sans poser de questions, elle imita les omnibus de son enfance, leur klaxon en saccades à la hauteur du passage à niveau.

— Extraordinaire, modula le poète, les mains crispées, repoussant l'air. Et le cheval, les pas dans la neige, la pluie sur la mer, vous pouvez ?

Jeanne continua l'audition, docile. A l'issue d'une série d'aboiements de chien errant sur la lande, elle fut engagée. Claude-Henri Plat cherchait, depuis quinze ans qu'on oubliait de le retirer de la grille des programmes, une voix humaine pour illustrer ses poèmes à côté de lui, au lieu des sons artificiels diffusés de manière mécanique par un technicien sans vibrations.

— Vous, avertit Claude-Henri Plat, le doigt crochu sous le nez de Jeanne, presque menaçant, vous vibrez !

Il l'envoya chez un chargé de production sans fenêtre qui la fit asseoir sur du plastique rouge et lui proposa soixante-quinze francs par émission, moins les taxes, plus les charges. Jeanne signa un papier surmontant neuf carbones. Sans bien comprendre ce qui lui arrivait, elle venait d'entrer comme bruiteuse à France-Culture.

VIII

Et commença une période un peu bizarre où Jeanne arpentait la nature, magnétophone en bandoulière, traquant le bruit à imiter, capturant les sons pour les reproduire en studio. Elle avait appris le vent du matin sur la Seine, les bouchons aux heures de pointe, le galop dans l'herbe, et toutes les espèces de portes qui s'ouvrent, se ferment, grincent, claquent… Elle reconstruisait à elle toute seule la Libération de Paris, le port breton, la fête foraine. Quand elle avait besoin du chant d'un coq ou d'un coin-coin, elle se rendait à l'oisellerie du pont Neuf. Elle tendait son micro aux volatiles, prenait des notes, s'exerçait devant les cages, pendant des heures, gênant la circulation du trottoir. Les gens se retournaient sur elle avec des mines hostiles. On connaît la solitude du coureur de fond ; elle est pire encore lorsqu'il s'agit de fond sonore.

Isolée du monde par sa quête des bruits, travaillant à l'oreille les accents qui déformaient sa voix, Jeanne avait du mal à parler dans la vie courante, à s'arracher à l'emprise des onomatopées. Le grincement du sommier, les heurts de la benne à ordures, le moteur d'une Vespa, le crachotis de la cafetière électrique, l'écho sourd du métro qui rythmaient ses jours étaient autant d'appels, de recherches immédiates dans son ventre et ses cordes vocales pour restituer la nature du son, la rendre fidèle. Lorsque la concierge de la rue d'Orchampt, native de Saint-Flour, lui lançait le matin « Bonjour, mademoiselle Brun », Jeanne répondait « Bonjour, mademoiselle Brun », avec l'accent auvergnat, et la concierge était hors de portée lorsqu'elle lui rendait son salut. Cela valait à Jeanne une réputation de timide, de distraite ou de bêcheuse, qui dissuadait ses interlocuteurs et l'isolait chaque jour davantage.

Au bout d'un mois, Jeanne bruitait si bien qu'elle ne se reconnaissait même plus, à minuit, lorsqu'elle s'écoutait en différé dans le noir par-dessous les phrases obscures du poète radiophonique. L'appartement de Montmartre, à l'exception d'un canapé-lit acheté par correspondance, restait vide. Le son rendait mieux.

Et puis janvier arriva, il se mit à neiger, et Claude-Henri Plat devint aphone. Après deux émissions où l'on n'entendit de ses poèmes que les bruits de porte, la stridulation des cigales et le froissement des pieds dans les champs d'origan, la direction de France-Culture mit l'ami d'Aragon en congé de maladie, et en profita pour remplacer *Nuit poétique* par *Fenêtre sur l'insomnie*, un libre-service où les mal-dormants échangeaient à l'antenne leurs angoisses et leurs rêves éveillés, avec un indice d'écoute qui grimpa de trois points. Claude-Henri Plat retrouva sa voix, mais pas son micro. Pendant quinze jours, Jeanne continua à bruiter dans le vide, sous contrat, puis France-Culture lui reprit son magnétophone et la renvoya dans la nature avec un certificat de bonne et loyale stagiaire, qui n'engageait à rien et n'intéresserait personne.

Du jour au lendemain, Jeanne se retrouva dans le silence. A quoi bon écouter les bruits, puisqu'elle ne pouvait plus rien en faire. Elle recommença à marcher la nuit sur son parquet, avec les Hush-Puppies, pour se raccrocher à quelque chose, au grand dam de son voisin du dessous qui avait fini par oublier son père, et n'avait plus besoin qu'on l'empêchât de dormir en lui remâchant des souvenirs digérés. Sur son paillasson, un matin, elle trouva une paire de pantoufles. A nouveau, on la licenciait. Elle cessa de se nourrir, à cause du bruit de ses mâchoires, n'alluma plus le chauffage électrique, dont elle imitait si bien la dilatation des grilles, et attendit de tomber malade. Son nez restait sec, et son estomac se resserrait sans douleur. Elle commença à s'ennuyer.

De jour en jour, sa réclusion dans le silence la ramenait aux deux années qu'elle avait passées chez mère Marie, à étudier les philosophes par correspondance avec ce vieux professeur à l'écriture si belle. Une nuit, elle prit un stylo pour lui demander un rendez-vous, essaya, le temps d'une lettre, de s'imaginer étudiante, normale, avec des copines et la tranquille incertitude des cafés enfumés, quand on se dit qu'on est jeune sans savoir que devenir, mais ensemble, et qu'importe. Sa solitude, qui lui avait toujours été naturelle et précieuse, n'était plus qu'une tare, à l'évocation de cette vie pourtant si facile à rejoindre. Elle avait honte de s'être sentie unique, comme elle avait honte de ce renoncement vers lequel sa main glissait sur la feuille.

Elle déchira la lettre, brûla dans le cendrier ses mots, son désarroi, son vide. Elle n'appellerait pas ce maître invisible qui ne pourrait que trahir son rêve, la décevoir et la mettre sur une voie qui ne la mènerait à rien. Et d'abord, elle avait tout oublié de ces deux années d'études. C'était sa seule consolation. Quelque chose la protégeait contre elle-même, contre ses doutes et ses désillusions. Il fallait conquérir Paris, pour venger Clémence, venger Miko, venger Madeleine. Oublier la folie, la vieillesse et la mort. Elle était poussée en avant par tant de détresses ; elle n'allait pas y ajouter la sienne. Dans un élan de survie, elle ouvrit ses deux fenêtres sur le vent glacé de la rue d'Orchampt, pour encourager la grippe. Elle avait besoin d'aller encore plus mal, afin de mieux guérir.

Et, tous les jours, Offenbach montait dans sa chambre. Au coin de la rue, un rez-de-chaussée abritait un cours de chant, où des voix malmenaient les mélodies sous la conduite d'une soprano ronchonne.

— *Et hop ! et hop ! Place à Mercure, ses pieds ne touchent pas le sol !* scandaient les élèves.

Malgré elle, Jeanne allongeait sa foulée sur le parquet, dans un va-et-vient martial, avec demi-tours réglementaires. De même que sa gorge réinventait aussitôt le timbre des autres, tout son corps se mettait au diapason de la musique, et son humeur suivait. L'entrain des couplets finit par lui donner faim, et la jeta un matin dans la rue des Abbesses pour s'acheter un croissant et de nouvelles chaussures. Elle remonta une heure plus tard, mais n'alla pas jusqu'à son immeuble.

— *Et hop ! et hop ! Place à Mercure !...* chantait-elle par-dessous les chœurs, pour elle-même, en faisant les cent pas devant la fenêtre du cours.

Et les voix l'appelaient, au chaud, comme une famille qui l'attendrait, couvert mis, aurait commencé à manger en se disant : « Ça la fera venir. » L'intérieur de la pièce était caché par des rideaux plissés : elle ne voyait que des silhouettes. Sa solitude ne rimait à rien. Elle sonna.

Au bout de cinq minutes, une vieille dame au chignon pleureur, les yeux maquillés par deux traits turquoise et vêtue de jaune citron, vint lui ouvrir en reprenant le couplet d'*Orphée aux Enfers,* la tête tournée vers le fond de son appartement. Jeanne lui dit qu'elle avait accompagné une chorale à l'harmonium, quand elle était petite. La soprano, sans lâcher sa note, désigna du coin de l'œil le prix des leçons, punaisé au mur. Jeanne acquiesça, divisa en heures de chant ce qu'il restait de ses appointements à France-Culture, et referma la porte dans son dos. Un adolescent qui se rongeait l'ongle entre ses vocalises, un homme en combinaison « Ville de Paris » et une naine entouraient le piano noir, où la dame alla se rasseoir en boitant.

— Trois, quatre, prévint-elle, les doigts voltigeant dans l'air.

Et elle redescendit sur le clavier pour attaquer la séguedille de *Carmen,* qu'elle dirigea du menton en observant ses troupes, rangées par ordre de taille. Jeanne, spontanément, s'était placée entre la naine et l'adolescent. Elle s'efforça d'attraper le mouvement, se gargarisant des notes qu'elle volait aux élèves, et reproduisait en mieux. A la troisième mesure, le professeur fit taire les autres, puis, sans prévenir, accrocha aux « remparts de Séville » un morceau de Gershwin, que Jeanne avait arrangé à l'harmonium, jadis, pour escorter les mariages qui sortaient de la chapelle. Dans un anglais fictif, elle improvisa les paroles en tirant un râle de son ventre, plaintif et sensuel, qui remuait des visions d'esclaves en canotier dans des champs de canne à sucre.

La dame approuva de la tête, marmonna, puis recouvrit la voix de Jeanne et finit par chanter seule. Elle semblait moins donner une leçon que faire ses vocalises avec des chœurs payants. Tout autour, sur les murs de velours déteint, s'accrochaient des affiches de concerts en province avec sa photo, vingt ans plus tôt, dédicacée d'une écriture longue, à personne. On lisait : « En souvenir de Périgueux », « Pour cette soirée inoubliable à Garches ».

Un réveil sur le piano sonna la fin du cours. Les élèves sortirent leur portefeuille, notèrent leur prochain rendez-vous, ramassèrent leur monnaie. La soprano retint Jeanne.

— Pourquoi veux-tu chanter ? Tu n'as pas de physique, tu ne réussiras jamais. Il vaut mieux que je ne t'apprenne pas ; qu'est-ce que tu ferais de la technique ? Avec la voix que tu as, tu deviendrais vite aigrie.

Jeanne baissa le front. En dix secondes, elle s'attachait à un lieu, et on la renvoyait toujours. L'idée de ne plus revenir dans cette bonbonnière désuète qui sentait la soupe aux poireaux lui tordait le cœur.

— Mais j'aimerais bien chanter... comme ça, avec vous, pour rien.

— On ne chante pas pour rien. Et moi, je ne travaille pas dans le vide. Le jeune homme, il est figurant stagiaire à l'Opéra-Comique, le « Ville de Paris » monte *Orphée* avec ses collègues pour le gala de la Voirie et la naine est baby-sitter, je lui apprends des berceuses.

Elle posa ses doigts déformés sur le poignet de Jeanne, dans le tintement de son bracelet de coquillages.

— Va voir mon petit-fils.

Jeanne la regarda avec surprise.

— Pourquoi ?

— Il ne vient jamais ; je lui envoie des gens.

Elle fouilla dans une corbeille où s'entassaient des boîtes de médicaments, lui donna une carte de visite. On sonna à la porte. La vieille chanteuse tressaillit et poussa brusquement Jeanne vers le vestibule.

— Vas-y tout de suite : je l'ai eu au téléphone, ce matin, il est en panne. Mais ne raconte pas que tu viens de ma part. Allez, sauve-toi, j'ai du travail.

Elle fit sortir Jeanne et claqua sa porte, après avoir happé à l'intérieur l'homme à cartable qui disait que bonjour, il était visiteur de la Sécurité sociale et venait enquêter sur son cas.

Jeanne s'arrêta sur le trottoir, respira lentement dans le soleil froid. Puis elle lut la carte de visite en la serrant fort entre ses doigts, pour la rendre importante, en faire un signe, un coup du sort — en tout cas un espoir.

*

Les studios Excelsior, à Boulogne, étaient une espèce d'entrepôt sur le quai de la Seine, avec des murs de brique et un toit en tôle où rouillaient des antennes. Jeanne ouvrit la porte marquée « Accueil », et entra dans un bureau obscur où une secrétaire sans âge faisait des comptes.

— Je voudrais voir M. Chopmann, dit-elle en montrant la carte de visite.

— C'est à quel sujet ?

— Je ne sais pas.

La secrétaire avala le coin de ses lèvres en haussant les sourcils, et redescendit sur ses chiffres, avant d'indiquer du pouce un couloir. Jeanne enjamba des cartons et des câbles, poussa une lourde porte en fer où était peint SILENCE et, le cœur battant, se retrouva dans un auditorium. Une rangée de fauteuils déboîtés occupait le fond de la salle. Le sol était recouvert de bandes de moquettes et, à six mètres de l'écran, il y avait une barre métallique, semblable à celle des tribunaux où les témoins viennent parler. Un micro pendait au bout d'une perche, montée sur pied.

— C'est quoi ?

Un homme en jeans, lunettes sur le crâne, avait jailli dans l'ombre. Jeanne dit qu'elle venait pour la panne. Les yeux fermés, il se massa les vertèbres avec un soupir.

— Allons-y toujours.

Elle ouvrit la bouche pour demander ce qu'il fallait faire au juste, mais l'homme enchaîna, en regardant l'heure :

— Bon, faites pas attention aux paroles, j'ai traduit mot à mot avec juste la fin qui veut rien dire, pour que ça rime. Moi j'aurais laissé en anglais, mais les distributeurs veulent que « ça coule », maintenant, ils disent, ces cons. Allez, on y va ! On essaie de faire vite, hein ?

Il lui enfonça un casque sur les oreilles et s'esquiva. Des grésillements retentirent, et une image s'installa sur l'écran, floue, précisant aussitôt ses contours. C'était une jeune rousse aux cheveux longs, dans un collant de strass, perchée, jambes croisées, sur un tabouret, un verre de cocktail bleu à la main, caressant son menton avec la paille. Un pianiste au second plan égrenait mollement un blues. La jeune rousse se mit à chanter, tout en soufflant sur sa paille pour qu'elle navigue entre les glaçons. Jeanne avait posé les mains sur la barre, émue. La caméra tournait lentement autour de l'actrice. Elle n'était pas vraiment belle, chantait assez mal, mais avec une telle sensualité que les accords de son corps effaçaient les fausses notes.

L'image disparut, le son partit en arrière, glapissant, et la séquence reprit au début. Jeanne, fondue dans le bar rougeoyant, le clignotement du strass et les mèches rousses, revécut trois fois la scène. La quatrième fois, il n'y eut pas de paroles sur la musique, et elle ne s'en rendit pas vraiment compte.

— Eh ben alors ? nasilla le casque. On dort, là, on y est ! Prête ? On se magne, cocotte : y a deux autres boucles, après, pas coton, et dans une demi-heure je bouffe.

Jeanne apaisa la grimace que lui avait donnée cette voix étrangère à la scène. Les lumières s'éteignirent autour d'elle. Le bar, le strass et la musique revinrent. Elle chanta les inepties rimantes qui défilaient écrites à la main sous l'image, « Lovie j'ai dans le cœur une hirondelle, Quand ton cœur met mon cœur en rondelles », sans les entendre, ne cherchant que la voix de la fille rousse dans son ventre et sa gorge. Après chaque phrase, elle soufflait sur la paille pour faire tinter les glaçons, et un gling ! jaillit sous sa langue entre deux notes.

— Génial ! cria le nasillard dans le casque. Elle est bonne. Vous êtes un chef, vous, dites donc ! Mais je vous ai jamais eue, comment ça se fait ? Vous laissez vot' nom et vot' téléphone en partant, hein ? Allez, deuxième boucle, y a juste à faire la-la-la, mais même ça, ces cons, ils veulent que ça soit en français. Allez, zou !

Et Jeanne fit la-la-la sur les lèvres de la rousse, en chemise au bout d'une barque, regardant un beau blond qui ramait.

— Super-bon ! La troisième et on a battu le record !

C'était une scène d'amour. Waaargh ! aïou ! et yarf ! yarf ! défilaient sous l'image. Jeanne se tut, laissant le blond caresser hors champ la rousse allongée qui se contorsionnait en cachant ses seins.

— Et alors ?

— Je ne peux pas dire ce texte, fit Jeanne, calmement.

— Oh ! ben vous improvisez, chérie, là, hein. J' suis pas Shakespeare.

Il renvoya la boucle et Jeanne s'abandonna au désir de la rousse, à la main du garçon, sans plus commander sa voix, ni le glissement des soupirs dans une mélodie murmurée, lèvres closes. Du fond de sa gorge, la caresse en mesure venait faire point d'orgue à leur plaisir et déborda la partition quand elles jouirent.

— Putain ! s'exclama Chopmann, lumière rallumée, envoyant battre la porte contre le mur, la salope ! Non, je veux dire, à vous voir comme ça... Ma cocotte, ce que je peux te dire, c'est qu'on n'a pas fini de bosser ensemble, tous les deux. Midi et demi, putain, le pied !

De toute la force de son visage plissé, Jeanne essayait de faire taire la voix importune, de chasser l'image qui se balançait d'une jambe sur l'autre en tapant dans les mains, mais comme le type était en avance sur son déjeuner, il l'emmena prendre l'apéritif. Attablé dans la fritaille d'un bistro de routiers, il nota son adresse, jura de l'appeler et lui donna une invitation pour la première du film, six jours plus tard.

— Il sort déjà ? s'étonna-t-elle.

— J'avais plus que ces trois boucles, rigola-t-il, aux anges.

Le bristol tremblait sous les doigts de Jeanne.

— *Nude love*, lut-elle.

— Ouais, ils ont gardé le titre anglais, parce que *l'Amour nu*, chez nous, c'est déjà pris. Allez, je file, merci encore, et à très vite, championne ! Au fait, ça fait longtemps que tu es dans le métier ?

— Oui, dit Jeanne, sincère. Comment elle s'appelle ?

— Qui ?

— Moi.

— Ah ! l'autre... Lisa Brent, un nom comme ça. Jamais vue. Bye !

Il sortit, emmêlé dans son imper, en lui envoyant des bises avec sa main, qu'il serra dans celle du cafetier, sans transition. Jeanne frissonna, s'absorba dans son verre de curaçao-tequila où il n'y avait pas de paille. La migraine en étau, elle ne regrettait pas d'avoir bu ce cocktail assassin, le ventre vide. C'était si bon de retrouver la couleur bleue du film. Elle était heureuse, lisse et comblée, et pourtant déjà en manque.

Elle attendit six jours en ne faisant rien, calfeutrée, éblouie, savourant ces heures vidées par l'attente, qui n'avaient d'autre réalité que la promesse des retrouvailles. Elle voulait retourner dans ce film. Être à nouveau la rousse qui lui avait pris sa voix, vivre du bar à l'étang pour finir dans le lit, à sa place, avec elle ; la traduire et la comprendre et la posséder, en cachette.

Le mardi, elle s'acheta une robe des sables, avec une capuche de coton bleu nuit qui cachait ses cheveux, mit des lunettes de soleil. Elle voulait être absente, pour les autres, ne pas faire courir à la comédienne le risque d'une ressemblance qu'elle n'avait même pas, d'ailleurs, mais il était si doux d'abriter dans un voile le secret de sa voix.

Elle s'assit dans la salle, au milieu, neutralisa avec son sac et son parapluie les deux places voisines, et attendit le début de la projection en fermant les yeux. Elle fut horriblement déçue. Le film était présenté en version originale, et n'offrait strictement aucun intérêt, mis à part les trois scènes où la rousse inconnue apparaissait, avec sa voix de naissance. A la sortie du cinéma, seule consolation, les gens disaient que cette fille, dans le bar, avait de la présence : on ne voyait qu'elle, mais comme il n'y avait rien d'autre à voir... *Nude love* resta une semaine dans les salles. Jeanne y alla douze fois, avec la même excitation, le même trac attendri qu'aurait provoqués un rendez-vous d'amour. Et le même plaisir rougissant en entendant les compliments sur la comédienne, compliments où, cette fois, dans les salles en version française, elle avait sa part.

Lorsque le distributeur retira le film de l'affiche, elle fut désemparée, abandonnée, sans recours. Elle passa trois jours à tourner en rond, à ne voir personne, à ne plus parler. Le quatrième jour, elle reçut la lettre à l'en-tête des studios Excelsior. Chopmann, le nasillard, lui envoyait une coupure de presse, où Lisa Brent, ses cheveux roux coiffés en ananas, déclenchait un scandale en arrivant nue sous une couche de purée mousseline, à l'avant-première new-yorkaise du film qu'elle avait tourné en vedette, et qui s'appelait *Like the snow.* « Cette figurante montée en épingle, qui se permet de jouer les stars-sandwiches, déclarait la journaliste, a pour seul talent de coucher avec son producteur, un vieux de la vieille qu'on aime bien, et qui n'a pas mérité la ruine qui va s'abattre sur lui, vu le bide évident que va faire ce navet sifflé par la presse américaine. » Jeanne découpa soigneusement la photo et brûla le commentaire dans l'évier. Chopmann avait joint une petite carte où il avait écrit, simplement : « A bientôt, alors ? »

Gagnée par un apaisement douillet, Jeanne s'enfouit dans l'attente. *Like the snow,* de semaine en semaine, se révélait un succès gigantesque aux États-Unis. Bien que, d'après les journaux, Lisa Brent n'y chantât pas, Jeanne avait repris ses cours chez sa voisine, rue d'Orchampt, pour se maintenir en voix. Sans danger d'être comprise par la vieille soprano qui, elle, mourait *pianissimo* d'avoir quitté l'affiche, Jeanne lui disait qu'elle avait trouvé grâce à elle sa vraie vocation, qui était de jouer la comédie au noir, sur le dos de quelqu'un, mais dans son intérêt ; de lui donner vie en s'oubliant, en s'effaçant. Elle s'était crue actrice : elle était ventriloque. Mais un pantin ne lui aurait pas suffi. C'est Lisa qu'elle voulait. Lisa Brent, Jeanne Brun ; leur nom déjà était un signe. Elle n'imaginait plus donner sa voix à quelqu'un d'autre. Elle ne doublait pas Lisa : elle s'était dédoublée en elle. A distance, elle lui envoyait toute son énergie, lui déléguait ses envies, ses espoirs, ses revanches. Elle était sûre de la réussite de Lisa, puisqu'elle lui offrait en sacrifice le renoncement à sa propre carrière. Jeanne Brun n'existerait plus que dans Lisa, et Lisa Brent serait la plus grande actrice du monde.

Tout se passa exactement comme l'avait prévu Jeanne. Elle doubla, pendant quinze jours, le film où Lisa était de toutes les scènes, avec un bonheur égal et un rendement qui ravissait Chopmann dans le casque. Jeanne arrivait aux studios à neuf heures, à peine sortie du lit, soigneusement abrutie pour ne pas donner prise au monde extérieur pendant le trajet, avalait trois cafés, plongeait dans les boucles du film et, quand elle en sortait le soir, elle était Lisa. Les nuits prolongeaient les jours et les jours se répétaient.

Like the snow, sorti en France sous le titre *Folle Passion*, dépassa le million d'entrées sur Paris-banlieue, tandis qu'en Amérique triomphait le nouveau film de Lisa, un drame du Vietnam où elle n'avait rien d'autre à faire qu'attirer les spectateurs. Les productions l'imposèrent dans tous les rôles titres, tous les contre-emplois, toutes les fausses situations dont elle se tira fort bien au box-office, ses caprices à la ville et ses photos jamais tout à fait nues dans *Playboy* alimentant sans relâche le désir qu'éprouvait le public d'aller la retrouver sur l'écran.

Après les sujets originaux vinrent les remakes et les resucées, les séries télévisées qui reprenaient, à mi-budget, le personnage créé au cinéma pour en faire quarante heures. Lisa tournait trop, s'en relevait chaque fois. Jeanne doublait tout le temps, s'enfonçait toujours plus. Propulsée dans le sillage de Lisa, elle ne quittait presque plus les studios, mais ses retours dans la vie lui étaient pénibles. Elle n'était plus seule. En faisant ses courses, en dînant au restaurant, elle s'efforçait de parler le moins possible, pour protéger Lisa, lui garder son mystère. Elle vivait dans la terreur que sa voix fût reconnue comme celle de la star. Et elle était tellement Lisa, au fond d'elle-même, qu'elle répugnait à déguiser son timbre, n'y arrivait plus. Elle était la femme d'une seule passion, d'une seule voix ; maintenant elle le savait, et peu à peu elle se tut.

Ce n'était pas le plus ennuyeux. Grisée par les triomphes et minée par la peur que tout s'arrêtât, Lisa dévalait de plus en plus vite sa pente naturelle. Les provocations, les colères, les scandales, le sexe, la coke, la défense des baleines alimentaient les colonnes consacrées à ses turpitudes, et l'Amérique puritaine et voyeuse frissonnait délicieusement. Les ligues de moralité et les fan-clubs se lançaient des barres de fer sur la côte ouest, et l'on comptait déjà trente suicides par amour pour Lisa. On brûlait ses affiches. On portait ses tee-shirts. L'affaire tournait bien.

Le miracle était que Lisa, sur l'écran, conservait cette pureté animale, cette santé éclatante que ses cuites, ses défonces et ses nuits blanches ne parvenaient pas à entamer. Pour Jeanne, il n'y avait pas de miracle. Elle avait déjà fait deux ulcères, traînait en permanence des cernes immenses et se détraquait la santé sans jamais faire d'écarts. Son médecin n'y comprenait rien. Non, elle ne buvait pas, ne prenait aucune drogue, ne se couchait jamais après minuit, n'avait pas de liaisons. « Mais faites comme si », lui avait-elle dit, pour l'aider dans son ordonnance. Les médicaments n'avaient pas guéri grand-chose, mais son apparence délabrée ne la dérangeait pas. Au contraire, elle l'éloignait de Lisa, pour les autres, qui risquaient de moins en moins de faire une comparaison entre les deux voix. Jeanne protégeait son double, sa possédée, sa jumelle, se fondait en elle à mesure que leurs physiques divergeaient. Plus Jeanne maigrissait, se ruinait la santé et devenait terne, plus le visage sur l'écran était lumineux, limpide et lisse.

Et puis Lisa tomba amoureuse. On ne lui connaissait par les journaux que des liaisons utiles ou futiles, provocantes ou publicitaires. On la vit partout avec John Malita. On apprit qu'ils s'étaient mariés en cachette, et qu'ils allaient tourner ensemble. Les chroniqueurs de Los Angeles guettèrent en vain la fin de l'éclaircie. Les colonnes diminuèrent dans les feuilles à scandale. Insensiblement, le couple se transporta dans la presse familiale. Les producteurs avaient gros à perdre dans cette histoire, aussi s'employèrent-ils à installer l'idée que John Malita était transsexuel, communiste, mafioso, père d'un bâtard mort de faim à Brooklyn, afin de saboter *Me and You*, le projet de mélo sirupeux que s'étaient écrit les tourtereaux comme cadeau de mariage. En vain. Lisa et John financèrent eux-mêmes leur film, et ce fut encore un succès. Les producteurs leur signèrent un contrat pour *Me and You II*.

Et le film arriva en bobines aux studios Excelsior. Lisa et John s'étaient écrit des rôles d'une importance égale. A la barre, devant l'écran, Jeanne trouva un matin Pierre Gagneur. Ils se saluèrent de la tête, et doublèrent le film côte à côte. Dans la vie, c'était un monsieur de trente ans qui fumait des Gitanes filtres, portait une veste en vieux tweed et ressemblait à son chien, un setter triste aux yeux doux qui attendait la fin de la journée couché au pied de l'écran. Mais à la barre, sous le micro, il fut un amant passionné, gesticulant, bagarreur et désespérément gai. Jeanne était couverte de bleus, lorsqu'elle rentrait à Montmartre. Elle attendait le lendemain, en laissant tourner dans le sommeil des images qui n'étaient plus seulement celles de Lisa. Mais elle n'y était pour rien, et n'en avait pas de gêne. C'est Lisa qui avait décidé qu'elles seraient amoureuses.

Le dernier jour du doublage, Pierre et Jeanne n'avaient pas échangé un mot, un geste, un regard qui ne figurât dans le scénario. Quand la lumière se ralluma, Jeanne lui donna son adresse, sans le regarder. Elle sentit qu'il avait un mouvement de la tête vers son chien. Elle dit qu'elle-même avait un chat, mais que son studio était partagé en deux. Elle ramassa son sac et sortit.

Arrivée rue d'Orchampt, elle ferma les volets, alluma une bougie, attendit. Il ne vint que le lendemain. Elle attendait encore. Ils prirent l'apéritif assis sur la moquette, devant la cheminée bouchée. Ils ne trouvèrent rien à dire.

La siamoise s'était cachée dans un placard, le setter s'était couché en boule au pied du portemanteau. Quand leurs verres furent vides, Jeanne s'approcha et il la prit dans ses bras. Ils restèrent enfermés trois jours.

IX

Sans transition, sans heurt, Jeanne était passée de la débâcle physique au bonheur complet. Pierre était un amant soigneux, attentif, avec ce qu'il fallait d'égoïsme brutal, parfois, pour qu'elle pût s'abandonner totalement. Dans leur bulle surchauffée de la rue d'Orchampt, ils s'aimaient par séries de trois jours, du vendredi midi au lundi neuf heures, déglinguant le canapé-lit qui lâchait des ressorts à chaque étreinte. Effondrés, mêlés, confondus sur leur radeau, ils ne se détachaient que pour aller du Vésugaz au *room service*. Le vieux chauffe-eau siffleur et le four enfumé cafouillaient de concert, l'un crachant un jet brûlant ou glacial impossible à régler, l'autre carbonisant les dizaines de croissants et brioches qu'ils emportaient dans leurs traversées.

Ne se nourrissant que de petits déjeuners répétés, cinq ou six fois par jour, ils oubliaient les heures, flottaient hors du temps, réfugiés dans la conscience du danger qu'ils couraient en permanence, et qu'il était donc inutile de guetter. Pierre habitait rue Caulaincourt, à huit cents mètres, et Léonie, la chienne de sa femme, qui était aussi la femelle de son chien, avait déjà hurlé à l'amour plusieurs fois sous leurs fenêtres, houspillée par l'épouse, tandis que les amants bloquaient le setter dans la salle de bains, cachant ses jappements sous le fracas du Vésugaz. Pierre était supposé tuer le canard à Montfort-l'Amaury, le week-end, dans la chasse privée dont il était actionnaire. Jeanne, par gentillesse, s'était inventé un amoureux de toujours à qui elle aussi racontait des craques. Leurs mensonges, vrais ou faux, ne les dérangeaient pas, ne salissaient rien, puisqu'entre eux ils étaient sincères. C'était délicieux. A la merci d'un cauchemar vaudevillesque dont ils jouaient à disséquer les variantes, « ciel ! mon chien » et autres, ils se tenaient enlacés, rassurés, dans leur lit chaviré.

Pierre lui raconta ce qui était arrivé un jour à deux pêcheurs, au large du Mexique : leur bateau ayant coulé, ils s'étaient retrouvés accrochés pendant quarante-huit heures, en pleine mer, à une caisse contenant quinze kilos d'appâts pour requins.

— C'est ce qui les a sauvés.

— On est comme eux, dit Jeanne.

Et, vivant pleinement le danger, ils se sentaient en sécurité sur leur radeau grinçant, qu'ils remettaient à flot chaque week-end.

La semaine, en général, ils se retrouvaient à la barre, aux studios Excelsior, Lisa Brent ayant entraîné John Malita dans ses feuilletons à répétition. Les amants doubleurs étaient parfaits, dans leurs efforts pour donner l'illusion d'un vrai couple fictif. « On y croirait », disait tout le monde à la synchro, des acteurs aux techniciens. Rendre leur passion vraisemblable était la meilleure façon de la garder cachée. Ils s'amusaient comme des fous. La version française de leurs films était d'une qualité de plus en plus remarquable, souvent supérieure à l'interprétation originale. Cette fusion eut raison d'eux.

Lisa et John, lassés du bonheur à l'étouffée, étaient allés prendre l'air, chacun dans ses manies. On les avait vus boire, flamber au poker, se disputer le volant, militer pour l'Iran, se coller des baffes aux cocktails. C'était sans conséquence. C'était de la matière, pour les journaux. Du petit bois destiné à nourrir les flammes. Et le petit bois, à la longue, étouffa le feu. Lisa tourna, seule, un remake de *All about Eve*. John alla disputer une course en Italie. Elle fit son premier bide, il sortit du circuit. Ils divorcèrent par correspondance.

Quand les bateaux s'arrêtent, les skis nautiques s'enfoncent. Jeanne et Pierre se retrouvèrent dans un café, séparés par deux jus de fruits. Ils purent constater qu'ils avaient été formidablement heureux, que désormais il leur manquerait quelque chose d'essentiel, et qu'il serait dommage de s'entêter dans une répétition sans but. Ils se quittèrent en nouant leurs mains, longtemps. Ils ressentaient la même paix, la même souffrance qui ne changeait rien à leur bonheur si présent. Ils étaient comme ces fleurs qu'on naturalise en pleine maturité. S'ils avaient mal, c'était de choisir. Le reste, croyaient-ils, irait tout seul ; ils se fuyaient pour ne pas se perdre et tout serait bien.

Pierre annonça à sa femme qu'il n'irait plus chasser. Elle dit simplement : « Pour ce que tu rapportes comme canards. » Plusieurs fois, le dimanche, Jeanne entendit sous ses fenêtres les aboiements d'un setter, sans savoir si c'était Léonie qui saluait un souvenir ou son mâle qui exprimait un regret, et sans jamais regarder dans la rue. Elle allait, avec un sourire attendri, du Vésugaz au *room service*, regardant leur radeau recyclé en canapé, et se croyait heureuse, parce que fidèle. Elle était certaine que Lisa et John, un jour, rouvriraient la chasse au canard.

Mais Lisa cessa de tourner. Elle avait découvert que les États-Unis soutenaient la rébellion des « Contras » au Nicaragua, que l'Éthiopie avait faim et qu'on mourait du Sida. Aussi balançait-elle au visage des producteurs les scénarios honteux qu'ils lui proposaient, destinés, selon elle, à endormir dans des fauteuils moelleux des condamnés à mort qui se voilaient la face. Avec un commando de stars déclinantes en grève, elle partit pour le Nicaragua, empêcher la destruction, par les antisandinistes, des mines d'or de Bonanza, où se jouait semblait-il l'avenir de l'Occident. Les rebelles et leurs conseillers américains crurent qu'il s'agissait de théâtre aux armées, et applaudirent leurs héros télévisés qui furent rapatriés, furibonds sous les bouquets, en avion sanitaire.

A son retour, Lisa décréta qu'elle s'enfermait un an, pour se consacrer à l'écriture d'un scénario sur le problème de la foi.

Jeanne refusa toutes les propositions de doublage. Elle ne pouvait pas tromper Lisa. De semaine en semaine, elle s'enfonça dans une torpeur résignée, entourée de centaines de journaux qu'elle ne jetait pas, remettant toujours au lendemain le découpage des papiers qui parlaient de Lisa, mais sans laisser entrevoir d'issue à sa crise mystique. Cette fois, son caprice tenait la route. De son scénario, elle promettait, dans un communiqué édifiant à l'*Associated Press,* qu'elle tirerait un livre. Jeanne essayait d'apprendre l'anglais, afin de pouvoir un jour le traduire, poursuivre par écrit sa fusion avec Lisa. Elle n'y croyait presque plus.

Un matin, au réveil, lasse de patauger dans les journaux froissés, elle envoya une lettre au père Miko. C'était grâce à lui qu'elle était montée à Paris, à cause de lui qu'elle en était là. C'était la dernière force de son enfance, la seule personne à qui, du moins, elle n'avait pas fait de mal en partant. Le silence de sa jumelle qui l'éteignait d'heure en heure n'était peut-être pas fatal. Il fallait parler de Lisa Brent à quelqu'un, écouter parler d'elle, surtout, par quelqu'un qui la connaissait bien, souffrait lui aussi de son absence.

Nicolas Mikhaïlovitch arriva à Paris, en civil, tout décalé, sans rien regarder d'une ville qui lui avait échappé depuis si longtemps, marchant droit, sa valise à bout de bras, plein de l'énergie que lui donnaient sa démarche, son retour, son geste. Il avait tout compris. Il était dépositaire de Lisa. Depuis ses débuts, il suivait la carrière de Jeanne, passagère clandestine, et avait composé trois tomes de press book sur la vie de Lisa Brent, qu'il savait par cœur. Il habitait un meublé à Grenoble, et ne mangeait que tous les deux jours pour voir quinze fois chaque film de Lisa, c'est-à-dire entendre Jeanne.

Au milieu des journaux, rue d'Orchampt, il posa sa valise et dit « Prépare la tienne » à son enfant retrouvée. Avec l'argent de sa retraite, il avait acheté deux billets pour Los Angeles : un aller-retour et un aller simple.

— C'est pour moi. Je vais rester là-bas, avec elle, m'en

occuper. Elle est en pleine crise de foi : c'est mon rayon.

Époustouflée par ce vieillard à la poitrine creuse dans son polo gris, aux joues mal rasées, aux longs cheveux d'un blanc sale, qui avait retrouvé l'autorité des croisades, la certitude, le défi, l'inconscience, Jeanne cessa de douter, elle aussi. Son vieil ange gardien, qu'elle avait laissé si longtemps en souffrance, la quitterait pour s'atteler à sa jumelle inconnue, brider ses écarts, calmer ses outrances et la ramener sur le chemin des studios.

— Fais-moi ma piqûre, dit-il en baissant son pantalon.

Jeanne prit dans sa valise le nécessaire antidiabète, et lui injecta l'insuline avec une ardeur excessive qui le fit beugler.

— Et maintenant, Lisa Brent, lança-t-il en se rembraillant, à nous trois ! Ça va me rajeunir, tiens. Quand j'étais missionnaire en Amazonie, je passais mon temps à déconvertir les Indiens acculturés par mes collègues — des prieurs à gages, qui te les abrutissaient à coups de bière bénite, comme s'ils étaient payés à la pièce. Moi, dans mon travail de sape, j'étais imbattable. Ta Lisa, je vais te la mécréer en deux coups de cuillère à soufre. Elle verra, si Dieu c'est de la chair à media, un prétexte à ne rien foutre pour déplorer la misère du monde au fond de son nombril. Dans trois mois, je te le promets : elle sera sur les écrans.

Quand ils arrivèrent à Los Angeles, elle était passée derrière la caméra. Son scénario mystique achevé, elle l'avait produit elle-même et était en train de le tourner, sous le titre *Miracle en Éthiopie*, à la frontière mexicaine, avec pour comédiens les habitants du cru. Dans une tour en verre de Wilshire Boulevard, le directeur délégué de la

WDF, dont Miko avait forcé la porte avec un aplomb tranquille, s'en arrachait les cheveux et s'en étouffait de rire, alternativement. Il avait produit presque tous les films de Lisa, lui devait ses trois ulcères, son divorce et sa fortune ; il était partagé entre le désespoir de voir son étoile se court-circuiter, et la vengeance grisante de lui avoir loué à prix d'or l'équipe technique et le matériel, que l'échec certain du *Miracle* ne lui permettrait pas de rembourser. Dans un anglais à consonances yiddish que les Américains comprenaient parfaitement, le père Miko, venu en soutane badgée BBC, demanda au producteur de le déléguer comme aumônier sur le tournage. A l'appui de sa demande, il présenta ses certificats d'assistant religieux auprès de l'équipe de *Animal-trotters,* émission vedette de la BBC1, lorsqu'il était missionnaire volant en Amazonie.

— *If you want me to stop this film and give you back Lisa Brent,* conclut-il, *I'm your man.*

Dérouté, séduit, perplexe, le producteur glissa un doigt dans son col et fit le tour de son cou flasque. Il lui demanda si la jeune fille qui l'accompagnait était religieuse aussi. Lorsqu'il apprit qu'il s'agissait de la voix française de Lisa, son œil gauche se ferma, il appela sa secrétaire, dicta un ordre de mission, signa un chèque pour les frais de transport et, raccompagnant ses envoyés spéciaux à la porte, justifia sa décision brutale en désignant sa narine droite, en français :

— Le flair.

Il devait sauter deux heures plus tard, au cours d'un conseil d'administration, parce que Coca-Cola, propriétaire de sa compagnie, avait accusé une baisse par rapport à Pepsi, et qu'il fallait faire tomber des têtes pour rassurer les actionnaires. Miko et Jeanne se retrouvèrent seuls sur les routes du désert, avec leur ordre de mission qui ne signifiait plus rien, dans une immense Cadillac qui passait son temps à leur dire bonjour, bonsoir, ma pression d'huile est normale et le jour tombe, allumez vos lumières. La musique *country* dansait dans l'odeur du cuir neuf, le sable à perte de vue tremblait de chaleur sur le pare-brise, tandis que les vents coulis du climatiseur donnaient une rhinopharyngite à Jeanne.

Ils s'arrêtèrent à la nuit dans une bourgade paumée du Texas, composée de motels en planches et de bars dont les enseignes au néon clignotaient sous les tourbillons de sable, avant d'exploser dans un son mat. C'était la seule activité locale. Une chaleur définitive écrasait les gens dès le milieu de la matinée, les poussait à boire et les enfonçait dans le sommeil, fin bourrés, alors que la nuit apportait enfin une fraîcheur qu'ils ne remarquaient jamais. Le jour, les rares passants qu'on croisait dans les rues avaient les cheveux mouillés, revenant de la piscine municipale avec les yeux rougis et la serviette en berne.

Le motel sentait la bière, les pieds, l'oignon frit. Jeanne, assommée par les remèdes mexicains que le médecin local avait sortis de sa poche, somnolait en grelottant toute la journée, tandis que Miko se rendait sur les lieux de tournage, en plein désert. Il revenait le soir pour son rapport et sa piqûre. Jeanne entendait un mot sur deux, voyait ses fesses en triple et devait se mordre les lèvres pour enfoncer l'aiguille droit. Le curé lui remplaçait sa bouteille d'eau, tapotait son oreiller, et repartait dîner avec l'équipe du film, sous la tente rayée qui s'envolait chaque soir, renversant dans les rires le *chili con carne* au milieu des buissons d'épineux traînés par le vent.

Lisa Brent était une femme délicieuse, d'un humour pétillant. Miko avait été adopté dès le premier jour. Elle ne tournait jamais une scène sans avoir près d'elle celui qu'elle nommait son *french curé*. Elle le traînait dans sa suite comme une mascotte, sollicitait son avis d'homme de Dieu sur l'angle des prises, lui demandait de bénir sans cesse les figurants, les cadreurs, les perchistes et les projecteurs. Cavalant partout, bloc-notes pendu à la soutane, vénéré par la cour de lèche-bottes qui encombrait les plateaux, bousculant techniciens et plans de travail, récrivant les dialogues, Miko jubilait. Il adorait Lisa, reine des sables au crâne rasé, entourée de voiles blancs, de médailles saintes, de chapelets, qui diluait l'ardeur mystique dans une joie incessante, survoltée, si tonique. Son chemin de croix était une ligne de coke, d'accord, mais bon. L'odeur de sainteté, chacun la respire comme il peut.

Venu chasser Dieu de la tête de la star pour la remettre devant les caméras, Miko trouvait que tout était parfait, revivait ses vingt ans au milieu d'une équipe sympathique qui était à genoux devant lui, et le sentiment de trahir un peu ne lui revenait que le soir, devant Jeanne, à qui il racontait des bobards tout en lui tendant sa fesse à piquer. Oui, oui, la déconversion de Lisa était en bonne voie, mais ce serait long. Encore trois semaines de tournage. Tu vas mieux ?

Jeanne n'allait pas mieux. Elle était un peu assommante. Enfin, elle ne manquait de rien, et ne se plaignait pas : elle finirait par guérir, et Miko rejoignait son tournage. C'était un bonheur toujours neuf pour lui de monter dans sa Cadillac prune, passant du silence ronflant à la *country* nostalgique, jouant avec tous les boutons qui provoquaient des surprises d'ordinateur cassant la monotonie de la route. La dernière tempête de sable avait rendu la voiture gâteuse, et elle passait son temps à lui dire de fermer son capot. Il finit par s'arrêter, l'ouvrir et lui couper le fil de la parole. Il resta cinq minutes sur le bas-côté, sous l'œil bref des autres conducteurs dans leurs bulles traçantes, secoué d'un fou rire parce qu'il avait cru entendre, par-dessus l'étincelle de l'euthanasie, la Cadillac obsédée le traiter d'assassin.

Un soir, il ne revint pas. Le patron du motel expliqua, en montant son bouillon à la jeune fille, que l'équipe s'était déplacée vers l'ouest, pour tourner dans un canyon la scène du miracle, où une source jaillit soudain de la pierre. Comme la fièvre ne baissait pas, le patron prit la liberté de rappeler le médecin, qui sortit de sa poche trois autres flacons du remède mexicain, et Jeanne dormit trois jours.

Le quatrième matin, la fièvre avait disparu. Elle put se lever. Un homme en bleu de chauffe, dont elle ne comprit ni le nom ni la profession, vint lui annoncer que le *french curé* avait été mordu par un crotale, dans le désert, et qu'on avait dû le transporter par hélicoptère à l'hôpital d'Austin, où il suivait un traitement qui le tirerait d'affaire, *don't worry*.

Jeanne prit le car pour Austin, Texas. L'infirmière qui lui lut la fiche de décès insista sur les soins intensifs qui avaient été prodigués au 319. Ah bon, il était diabétique ?

Personne ne l'avait signalé, et comme ce n'était pas marqué sur sa soutane, la responsabilité de l'hôpital ne pouvait être engagée. Il y avait une panne de frigo à la morgue et, vu la chaleur, on l'avait incinéré d'office. Jeanne repartit avec l'urne. Elle ne cesserait donc jamais de revivre en boucle les mêmes situations, comme ces scènes à doubler qui repassaient devant elle, naguère, au temps où Lisa était sienne.

Elle eut des problèmes, à l'aéroport, avec l'urne. La police la conduisit dans un bureau, pensant que les cendres étaient mêlées d'héroïne : on connaissait le coup. Les chiens camés, dont l'état de manque servait à dépister les trafiquants, boulottèrent dans leur fringale aveugle ce qui restait du père Miko, avant qu'un chimiste ne vînt déclarer que l'analyse des cendres était négative. Jeanne reçut l'urne vide avec un formulaire d'excuses, ainsi qu'une demande de réclamation à remplir et adresser au shérif local, si elle le désirait, mais ça prendrait des mois, et pour réclamer quoi. Assise sur une chaise en plastique, les bras ballants, elle ne réagissait pas. Comme il était midi, les policiers allèrent prendre un sandwich au distributeur du couloir.

Restée seule, Jeanne se dressa soudain, réveillée, blessée de rage, les doigts fourmillant d'une colère sans prise, chercha autour d'elle quelque chose à renverser, à déchirer, à briser. Elle avisa dans un bac des sachets de poudre blanche, saisis sans doute sur des passeurs précédents. Elle en prit un, l'ouvrit avec ses dents, le vida d'un coup dans son urne, enfouit l'emballage dans sa poche et ressortit, l'urne sous le coude, brandissant aux contrôles suivants les imprimés officiels d'excuses qui lui permettaient de passer en priorité. Elle ne rentrerait pas les mains vides. On ne lui volerait pas aussi la mort de Miko.

*

Rue d'Orchampt, elle posa l'urne sur sa table de chevet, construisit dans sa tête son retour à Chavignin, la cérémonie en mémoire du curé, l'affliction des paroissiens qui l'avaient tant haï, leur humiliation devant cette mort démesurée qui leur échappait — les pauvres, défilant recueillis les mains jointes et la larme de rigueur, devant un pot contenant deux cents grammes d'héroïne. L'évocation de la scène suffit à la vengeance de Jeanne. Tout ce qu'elle regrettait, c'était de ne pouvoir mélanger Miko à une compote de bananes, et le manger à l'amazonienne, comme elle le lui avait promis enfant.

Elle reprit le chemin de la synchro, où elle doubla d'autres actrices, de manière satisfaisante, sans défauts ni grâce, avec un sentiment de trahison toujours recommencé qui ne l'empêchait plus de dormir. *Miracle en Éthiopie* fit son flop attendu ; Lisa traîna dans une boue définitive tous les métiers du cinéma, jura de couper les ponts, acheta un ranch, éleva des bœufs. Le festival du film américain de Deauville décida que sa carrière était suffisamment foutue pour lui rendre un hommage. Elle accepta. Elle en profiterait pour acheter des charolais.

Jeanne réserva une chambre à Villers-sur-Mer, Deauville et Trouville étant déjà complets. Elle croisa Lisa dans le hall du Normandy, un soir. Comme elle n'y croyait plus, elle ne ressentit rien. Bonjour, je suis votre doubleuse. — *What ?* — *I'm your french voice.* Et voilà. C'était si facile que ça ne suscitait ni intérêt ni prolongement. Et puis Lisa était si terne, dans la vie, si abîmée et si neutre à la fois. Elle avait sursauté en s'entendant imitée à la perfection, mais de la façon dont elle parlait deux ans plus tôt, dans ses films, quand sa voix n'était pas encore voilée. Un coup de sifflet et une cour de blousonneux hagards l'entoura. Lisa leur désigna cette fille comme une bête de cirque, la fit parler, ils fermèrent les yeux pour apprécier, se tordirent, la criblèrent de bourrades et l'engouffrèrent dans une voiture pour l'emmener à une soirée.

Jeanne ne prononça pas un mot, ne but rien. La partouze gagnait de pièce en pièce, dans le manoir éclairé aux flambeaux ; elle finit par aller attendre dans la voiture. Elle n'avait ni chagrin ni désillusion : elle avait tout donné. Il ne lui restait qu'un écœurement placide ; même pas la force de vouloir tirer le trait. Miko était mort pour rien. Heureusement, il ne l'avait pas su.

Lisa jaillit du manoir, au petit matin, une chaussure à la main, la robe en lambeaux, les yeux fixes, grimpa dans la voiture en se cognant.

— *Drive me, quick !*

Jeanne avança la main vers la clé de contact, se rappela qu'elle n'avait jamais appris à conduire. Lisa frissonnait, les bras croisés sur la poitrine, les ongles enfoncés dans ses épaules nues. Il serait encore plus dangereux de lui laisser le volant. Jeanne réussit à démarrer au bout d'un moment, choisit sur la boîte automatique un des crans où la voiture avançait, et partit au pas. Le manoir était sur une colline, au-dessus de Villers ; elle descendit vers la mer. Lisa gémissait, à côté d'elle, se balançant lentement sur son siège, mordant son poignet.

— *I want to die,* sanglota-t-elle dans un virage.

— Mais non, dit Jeanne en freinant pour rétablir sa direction.

La grosse Mercedes descendait la colline en broutant, dans un chuchotement rauque. La route était déserte, l'aube gagnait à peine sous les grands arbres. Jeanne se concentrait, doigts serrés, regard droit. Ce serait moins drôle de conduire au bord de mer : il y aurait sûrement des retours de fêtards roulant au milieu comme elle. Lisa eut une crise, soudain, trépigna sur place, puis se jeta sur Jeanne et la roua de coups de poings.

— *But stop it, you fucking bitch!* gueula Jeanne en lui prenant son accent éraillé qui la stoppa comme une douche froide, la laissa contre la portière, pantelante, claquant des dents.

Prudente, comme les premières maisons de Villers étaient en vue, Jeanne tourna dans un chemin forestier. Ou bien Lisa se calmait, ou bien elle la laissait là, et irait appeler le Normandy pour qu'on vienne la chercher. La Mercedes s'arrêta au bout du sous-bois, sur le chemin qui descendait lentement vers une balustrade. La mer scintillait au soleil levant, avec l'insolence gaie des lendemains de nuit blanche, quand la fatigue n'est pas encore descendue sur la nuque. Lisa ne se calma pas. Elle cria, insulta Jeanne qui lui répondit, sur le même ton, lui restituant sa voix d'aujourd'hui, minable, cassée, vulgaire sans éclat.

Elles s'engueulèrent jusqu'à n'avoir plus que des miettes de vent dans la gorge. Alors Lisa roula sur elle, la battit, la mordit, chercha à lui embrasser la bouche. Aphone, elle bredouillait des cochonneries que Jeanne ne comprenait même pas, mais cette voix morte lui était intolérable. Elle se retrouva en train de serrer ses doigts sur la gorge de Lisa, de l'étrangler pour la faire taire. Elle avait supporté tous les caprices, la déchéance de sa jumelle, son ridicule et son mépris, alors qu'être reconnue par elle était la seule chose importante de sa vie — mais tant pis, elle resterait bâtarde, seulement elle ne laisserait pas cette caricature de voix casser le bonheur de ses doublages, de leur vie commune, au temps où seul l'écran les séparait.

Les doigts de Jeanne se relâchèrent dans un brouillard de larmes. Elle entendit l'autre tousser, cracher, retomber en arrière. Elle ouvrit la portière et descendit de la Mercedes. Alors, comme si son poids seul l'avait retenue, la voiture commença à glisser le long de la pente, dans un grincement léger de la suspension. Jeanne mit les mains derrière son dos. La vie se répétait, encore une fois, morne et têtue, Lisa prenait la suite de Guillaume ; tous deux étaient partis rejoindre leur image d'avant, qu'ils n'avaient pas su garder pour Jeanne.

L'Américaine arrêta de tousser, bondit au volant, donna un coup de frein qui stoppa la voiture, se retourna sur le siège, coude en arrière, pour regarder Jeanne, avec une grimace de défi, et retira son pied de la pédale. Le véhicule recommença à glisser. Elle avait tout le temps de freiner à nouveau, de tourner son volant, de changer d'avis. Jeanne pivota dans le sable. Ce n'était plus son problème. Elle était déjà sortie du sous-bois lorsque l'explosion retentit, en contrebas, sur la plage. Peu importait que Lisa, au dernier moment, eût sauté hors de la voiture ou non. Elle était de retour, et parlait comme avant. Jeanne se sentait calme, délivrée d'un poids mort, les oreilles pleines, la tête légère et les mèches au vent. Quand elle fermait les yeux, face au soleil, le visage de Lisa clignotait sur l'écran parmi les taches blanches. A son gré, elle la faisait apparaître ou disparaître, et tout était bien. Elle avait un peu faim.

Lorsqu'elle arriva sur la place de Villers, devant les affiches du festival, un scrupule la prit soudain et elle sentit, comme un appel de derrière l'écran, le désir de se tuer, pour doubler Lisa dans sa dernière scène. Mais on était dimanche et le loueur de voitures était fermé. Alors elle remonta vers la gare, acheta un sandwich au gruyère sur le quai, exprimant son choix par un geste. A présent que Lisa s'était tue, elle n'aurait plus à parler du tout. C'était reposant, c'était fort, c'était doux ; ce n'était même pas une résolution : juste une question d'heures. Elle arrêterait sa vie chez elle, rue d'Orchampt, le seul endroit où un homme l'avait, sans drame, sans bouleversement, rendue simplement heureuse, et avait survécu. Sa moitié d'orange. Sa moitié de bonheur. Elle s'allongerait sur le radeau, fermerait les yeux en pensant à la caisse d'appâts pour requins, écouterait le sifflement du Vésugaz. Ce serait pour ce soir, à huit heures ; son voisin du dessous rentrait tous les dimanches à huit heures et demie : il trouverait la pancarte, devant chez lui, l'invitant à ne pas sonner pour éviter l'explosion. Elle aurait laissé sa clé sur la porte, et il saurait comment arrêter le gaz.

En entrant, elle trouva que l'appartement était très sale. Elle sortit d'abord l'aspirateur, pendit le tapis à la fenêtre, lava les rideaux.

*

Un an plus tard, une réalisatrice qui cherchait, pour tourner un film sur l'incommunicabilité dans le couple, une vraie muette, la sélectionna parmi les photos d'agence. Le film s'appelait *L'Amour en silence*. Jeanne obtint le César de l'espoir féminin et épousa son partenaire. Elle eut des jumeaux. Comme les rôles de muette n'étaient pas très fréquents dans les scénarios, elle poursuivit sa carrière en posant pour les magazines avec ses bébés, racontant par gestes les bonheurs de la maternité et la meilleure façon d'accommoder les vitamines. Son mari traduisait.

Jeanne donnait l'apparence d'être heureuse, sans demander plus, regardait grandir les jumeaux, dont s'occupait une nurse en dehors des heures de reportage. En fait, depuis le soir où, rue d'Orchampt, elle avait lavé les rideaux au lieu d'ouvrir le gaz, elle était morte dans sa tête, et faisait de la figuration. Il n'était pas utile de se suicider davantage. Elle était son propre fantôme, se prêtait de bonne grâce aux circonstances qui n'avaient plus d'effet sur elle. Ses débuts de star et l'amour que lui vouait Richard lui évitaient même de jouer la comédie. Une star existe par l'image que s'en fait le public, et l'amour qu'on vous porte nourrit sans fin les sentiments qu'on vous prête. Jeanne ne trichait pas. Son corps obéissait à son mari, et elle était contente pour lui quand il pensait l'avoir fait jouir. Elle ne simulait pas : elle donnait la réplique. Lorsque la télévision diffusait un film de Lisa Brent, par un réflexe de fidélité envers Richard, elle coupait le son.

Richard Meilland était un très bon acteur. Jadis il avait bu, et gardait quelques amitiés de cuite avec des réalisateurs qui l'engageaient parfois. Mais l'amertume et l'eau plate lui donnaient une tristesse sans mystère qui n'intéressait plus les journalistes. Il s'était greffé sur le succès inattendu de sa partenaire avec un restant d'ambition, qui était rapidement devenu de l'amour : il n'était pas doué pour l'arrivisme. Son besoin de s'isoler avec cette créature insaisissable, qui lui appartenait par son infirmité, puisqu'il parlait pour elle, lui avait même fait rater deux rôles.

Cependant, depuis qu'elle lui avait donné des enfants, il la trouvait distante — alors que le comportement de Jeanne était rigoureusement le même. Mais cet amour sincère, qu'il avait lancé comme un défi au silence, un pari impossible qui fait écran à une réalité morne, cet amour s'épanouissait maintenant dans les risettes et les gargouillis des jumeaux qui, tout le monde le disait, étaient le portrait de leur père. Richard aimait toujours Jeanne, malgré sa froideur, mais par reconnaissance. Il avait installé les berceaux dans sa chambre, et il faisait moins l'amour, par crainte de réveiller les bébés. Comme eux criaient toute la nuit, c'est lui qui perdait le sommeil, et devenait irritable. Quand il était pressenti pour un rôle, la veille du rendez-vous, il mettait des boules Quiès.

A part les a-reu, les guili-guili, Richard ne parlait presque plus. Il en voulait un peu à Jeanne. Mais cet agacement taciturne qui fondait soudain en tendresse lénifiante, dès qu'on évoquait le biberon, plaisait aux femmes journalistes, dont les articles à répétition finirent par faire redémarrer sa carrière. Incarnant l'idéal du nouveau séducteur, viril jusque dans sa manière de changer les couches, il enchaîna trois films. Son succès, pensait-il, effacerait les ombres dans son ménage. Cette idée lui donna bonne conscience, et l'aida à se détacher de sa femme.

*

Rue d'Orchampt, Jeanne avait loué le studio à un contrebassiste, qu'elle descendait écouter, souvent, l'après-midi, en rêvant au canapé-lit défoncé, au radeau d'amour qui ne l'avait menée nulle part, mais si bien. Elle avait aperçu Pierre Gagneur, à la soirée des Césars. Il était au balcon, elle à l'orchestre. Ils s'étaient souri. Il tenait la main de sa femme, il semblait heureux. Il n'avait pas du tout changé. Encore un cadeau qu'il lui faisait. Jeanne allait rêver en souriant, sous les fenêtres de la rue d'Orchampt. Elle n'avait pas de scrupule à tromper son mari avec le passé, puisqu'elle rentrait sans regret à la maison.

Ils avaient emménagé un peu plus loin sur la butte, rue Paul-Féval, dans un appartement que Jeanne avait choisi parce qu'il donnait sur le cimetière Saint-Vincent, enclave minuscule, théâtre en gradins planté d'acacias où, l'hiver, elle allait ramasser du bois mort pour sa cheminée. C'était sa cour de récréation : avec son cachet d'actrice, elle avait enterré ses victimes, groupées, au sixième rang de face. Madeleine Chaume, le père Miko et Clémence de Freine — qui avait déjà sa plaque gravée, où ne manquait plus que l'année de son décès.

Depuis qu'elle était mère, depuis que la siamoise de Guillaume, jalouse, s'était sauvée un soir par les toits, Jeanne ne se demandait plus ce que devenait la marquise, là-bas, dans sa maison d'apprentis fous. Elle lui faisait confiance. Elle avait reçu une lettre, un jour : « Je n'arrive plus à faire semblant, Jeanne. Viens me chercher, je veux vivre. Voici le plan du bâtiment et l'heure des rondes. » Jeanne savait que c'était un faux. Comme jadis Miko avait imité son écriture pour appeler à la rescousse Clémence et Queen Mary, aujourd'hui Queen Mary voulait enlever Clémence de l'asile, et il réclamait par ce biais l'aide de Jeanne. Sans doute rêvait-il de reprendre leur voyage de noces à trois, comme si la répétition du passé pouvait se faire à plusieurs. Il n'avait rien compris, croyait que Jeanne était toujours la même. Elle en était contente pour lui. Mais elle préférait s'occuper des morts.

Au printemps, elle bêchait les trois petits jardins entourés de barreaux de fer, qui étaient comme des lits-cages, comme les lits de ses enfants avec qui on ne la laissait jamais, son mari ayant peur que son influence de muette n'entravât le développement de leur personnalité. Les jeunes filles au pair se succédaient, allemandes, anglaises ou suédoises. Jolies. En fait, la présence de Jeanne était plus nécessaire au cimetière. Elle ne dérangeait pas, elle n'entravait rien ; elle faisait ses confitures d'orange, comme on le lui avait appris.

Dans le théâtre en pente, flânant de tombe en tombe, réinventant les défunts, leur redonnant la parole, les protégeant des mousses, des herbes folles et de l'oubli, maniant le sécateur, l'arrosoir et l'Ajax-marbre, elle se sentait proche de sa mère, abaissant et relevant, comme elle, des barrières imaginaires sur le passage des vrais trains. La vie était belle. Et ce n'était pas grave.

En quittant le cimetière, le soir, sous son parapluie vert ou son chapeau de paille, elle souriait en dedans, à peine remuée par une houle heureuse, qui l'aidait à regagner sans y penser son foyer où la table était mise. Elle sonnait, quand même, pour ne pas déranger son mari avec la jeune fille au pair. Dans un sac en plastique, elle rapportait son bois mort et de la ciboulette, qui poussait derrière la tombe de Madeleine, pour la salade. Elle se sentait utile.

Son mari tournait tout le temps. Il trouvait qu'une actrice muette au chômage depuis deux ans, ce n'était pas très bon pour son standing, et il finit par lui proposer le divorce, dans l'intérêt des enfants. Elle hocha la tête. Torts et griefs réciproques : elle conservait l'appartement. Il se montra extrêmement généreux pour la pension alimentaire, alors qu'il avait la garde des jumeaux et qu'elle ne mangeait presque rien. Mais comme ça, lui avait-il dit, tu pourras t'acheter des wagons.

Pour Noël, elle avait offert un train électrique à ses enfants, qui, trop petits, n'y avaient jamais touché. Elle y jouait toutes les nuits, l'agrandissant sans cesse, intensifiant le trafic, ajoutant des lignes qui passaient sous les meubles, enjambaient les tapis, franchissaient les portes, envahissaient peu à peu l'appartement. C'était un véritable cauchemar pour son mari qui appréhendait, chaque soir, de trouver en rentrant un nouveau tronçon sous ses pieds. Au bout du compte, le train avait gagné, expropriant les riverains pour permettre l'extension du réseau. Jeanne construisait tout : les gares, les tunnels, les montagnes, les maisons. Un vrai village naissait autour des voies ferrées.

*

Un jour, Clémence de Freine gagna deux millions de francs au Tac-o-Tac. La buraliste qui, par gentillesse et hauteur d'âme, s'intitulant d'ailleurs « visiteuse de fous », venait les faire rêver une fois par semaine avec la réalité, faillit avoir une attaque sur sa table pliante, installée au milieu du réfectoire. Le médecin-chef en lâcha sa sucette. C'était une idée à lui, cette réinsertion mentale par la loterie, et il ne savait que répondre à Clémence qui lui désignait son numéro gagnant en répétant :

— Mon chèque !

Il essaya de lui expliquer la situation : elle ne pouvait encaisser la somme, voyons, puisqu'elle était morte.

— Mais non, c'est fini, tout ça. Des foutaises ! J'étais morte parce que je ne servais à rien. Mais deux cents millions, vous vous rendez compte ! La tête de Jeanne quand je vais les lui donner !

Le visage du médecin s'éclaira. En principe, c'était le tuteur de Clémence, Raoul de Freine, qui devait légalement percevoir le gain. Mais le neveu, au cours d'une conférence de presse dans son usine de fumier recyclé, était tombé d'une passerelle sur la chaîne de transformation du purin de porc en humus suractif, qu'il commentait, dans une envolée lyrique. Il s'était tout cassé et reposait dans le plâtre, ne pouvant bouger que l'œil gauche, incapable de signer un papier ni d'endosser un chèque. Profitant de sa carence, et jugeant que la marquise était en état de sortir, puisqu'elle en exprimait le souhait, le médecin-chef de La Pierre-Longue commanda une contre-expertise qui la rendit normale.

— Mais gardez-moi quand même ma chambre, lui glissa Clémence, en ajustant le tailleur rose pâle qu'il lui avait offert. On ne sait jamais.

Le médecin prêta sa BMW à Queen Mary qui, aussitôt alerté, avait débarqué de sa prison de Grenoble où, depuis sa libération, il s'était fait engager comme chef de cuisine « extérieur ». Clémence internée, il avait voulu l'être aussi, pour la rejoindre, vivre à son rythme, continuer à la suivre, par-delà la folie. Il dormait à la prison ; simplement, il avait une lampe de chevet, des draps sans numéros et des barreaux peints en bleu.

— C'est une permission ou elle sort pour de bon ? demanda-t-il, anxieux.

— C'est à elle de choisir, répondit le médecin.

Et il regarda sa BMW bordeaux franchir les grilles du parc, en allumant sa première pipe depuis cinq ans, depuis le matin où il avait laissé Jeanne quitter sa vie, par élégance, par égoïsme ou par amour. Il lui rendait sa marraine : mission accomplie. La vie signifiait peut-être quelque chose.

*

Rue Paul-Féval, ils sonnèrent au dernier étage, sous l'étiquette à deux noms dont le premier était barré, proprement. Ils attendirent. Queen Mary osait à peine regarder Clémence, de peur de l'user, de la troubler, d'interrompre ce miracle qui la lui restituait sept ans après, inchangée. Elle lui tendit une de ses pastilles au gingembre, que le médecin lui faisait venir d'Angleterre. Ils patientèrent en suçant, le doigt sur la sonnette, puis Clémence replia dans son sac le chèque du Tac-o-Tac, et ils descendirent taper chez la concierge.

— La sourde ? Oh ! elle est sûrement là, elle sort jamais.

— Elle n'est pas sourde, se gendarma Queen Mary, elle est muette. C'est une artiste.

— Alors, c'est qu'elle est fière, riposta la concierge. A même pas tourner la tête quand j'y dis bonjour. Mon vieux, lui en faut pas lourd. Moi aussi, je pourrais être artiste, si c'est de faire rouler toute la journée son train sur la tête des gens.

Partagée entre le ravissement et la crainte, Clémence se pencha vers son compagnon pour chuchoter :

— Ils sont fous, ici aussi ?

Queen Mary remercia la concierge et remonta l'escalier, avec une sueur d'angoisse. Sur la porte de Jeanne, il chercha la marque du blindage, et prit la clé appropriée dans le trousseau que lui prêtait un de ses marmitons de

Grenoble, condamné à perpétuité, qui ne pourrait s'en servir avant l'année prochaine. La porte ouverte, il fit le tour de l'appartement, le trouva vide et, rassuré, laissa entrer Clémence. La vieille dame s'extasia devant l'affiche de *l'Amour en silence*, qui représentait Jeanne, triste et superbe, dans sa robe de mariée bleue célèbre deux ans plus tôt. Puis elle découvrit le train. Les montagnes, les tunnels, les routes, le lac, les forêts qui meublaient l'appartement. Jeanne avait reconstitué le Chavignin de son enfance, avec le passage à niveau, la station Shell, la ruine historique de Madeleine, la chapelle en bois du père Miko, le château rose... On apercevait encore, au fond du garage aux portes entrebâillées, la Rover miniature. Dans le parc descendant en pente douce vers le lac, Clémence se vit, sous une ombrelle, en robe longue, l'urne de Paul sous le bras. Queen Mary taillait ses roses.

La cloche de la chapelle sonna huit heures, et la nuit n'était pas encore tombée : on était en été. Les commerçants souriaient, sur le seuil de leurs magasins aux enseignes repeintes de frais. Tout à l'heure, ils se rendraient au ciné-club, au bout du village, qui affichait une rétrospective des films de Lisa Brent.

Clémence étudia le tableau de commande, soigneusement étiqueté, tourna l'interrupteur marqué « général ». Un léger bourdonnement s'éleva. La lumière diminuait et elle appuya sur les boutons « éclairage public ». Les réverbères s'allumèrent dans le village, puis les becs électriques sur les routes, les enseignes lumineuses, la mairie, la gare. Un train attendait, sur la voie numéro cinq. Elle abaissa la manette « voie 5 — gare », un homme annonça dans un haut-parleur : « Attention, attention, le train va partir, veuillez vous éloigner des portières ! » Clémence recula d'un genou. L'avant de la locomotive s'était allumé et le rapide s'ébranla.

Soudain, Clémence tressaillit. Le passage à niveau était ouvert, dans le tournant après la gare. Vite, elle se déplaça, allongea la main et tourna entre son pouce et son index la petite manivelle scellée dans le mur, renversant d'un ongle la garde-barrière immobile dans son jardin. La 2 CV camionnette, arrêtée devant le passage à niveau qui se fermait, coupa son moteur.

Le train défila sous les yeux de Clémence, prenant peu à peu de la vitesse. Assise dans un compartiment de la dernière voiture, avec sa valise à carreaux, Jeanne enfant lui fit un signe de la main.

— Ne pars pas, supplia Clémence.

Queen Mary s'approcha d'elle et lui rappela que, la Terre étant ronde, le train finirait par revenir à son point de départ.

BUSSIÈRE CAMEDAN IMPRIMERIES À SAINT-AMAND (CHER)
DÉPÔT LÉGAL : OCTOBRE 1995. N° 25998 (4/811)